無自覚な
Mujikaku na tensai majutsushi ha
nonbiri kurashitai
天才魔導具師は
のんびり暮らしたい
2
日之影ソラ
ill. 春野薫久

リドリア・
マーケティン
宮廷魔導具師 室長
ネロ
ゴーレムの少年
フレアの助手

ユリウス・
ユークリス
オルソラ王国第二王子

フレア・
ロースター
第二王子付き
特別宮廷魔導具師

「俺の婚約者になってほしい」

無自覚な
天才魔導具師はのんびり暮らしたい
2

日之影ソラ　ill. 春野薫久

CONTENS

プロローグ ☾ 今を噛みしめる

朝、目覚める時ふと予感することがある。今日はなんだか、素敵な一日になりそうだ、と。

ただの予感でしかない。根拠なんて何もないのによく当たる。結局、一日をどう感じるかは気持ちの問題なのかもしれない。

昔の私なら、朝起きるのはちょっぴり憂鬱《ゆううつ》だった。

今日もまた、辛くて大変な一日が始まる。

そう思ったら瞼《まぶた》も重くなる。けれど今は、身体が、心が躍動するように。

「ぅうーん……ふぅ」

目覚めることへの抵抗はなくなり、わずかな期待を体いっぱいに広げるように背伸びをする。

寝ぐせをとかし、着替えを済ませてから部屋を出る。

王城の廊下。私はあれから、このお城で暮らしている。

「もう起きたのか、フレア。相変わらず早いな」

「ネロ君、おはよう」

部屋を出ると美しい容姿の少年が待ってくれていた。

見た目は美少年だけど、その身体は人間ではなくゴーレムだ。そして中身は、千四百年前の国を治めていた王様だったりする。

いろいろあって彼は私の助手のような立場で一緒に王城で生活していた。

私たちは一緒に食堂へ向かう。

食堂に顔を出すと、シェフの方が気づいて、二人分の朝食を用意してくれて、一緒に並んで食べる。

「千年以上かけて料理は進化しているな。実にいいことだ」

「……改めて思うけど、ネロ君の身体はゴーレムなのに食事が必要なの？」

「もちろん不要だ。だがこの肉体は元来ボクのもの、食べ物を消化し魔力へと変換する機能が備わっている。食べても何の問題もない」

「そ、そうなんだ」

ネロ君は隣でパクパクと食事を口に運ぶ。見た目は子供でも、食べ方から高貴さがうかがえる。

彼は自らにかかった呪いから逃れるために、自身をゴーレムに造り替えた。

普通は不可能なことをやってのけた大天才だ。彼の肉体の構造に関しては、復活させた私でもまだ完全には把握できていない。

「お前も千四百年何も食べずにいてみろ。必要なくとも味が恋しく感じるぞ」

「それは想像できないね。あれ？　でもコアがない間の意識はなかったはずじゃ」

「自立できないだけで意識はあった。何もない真っ暗な空間で浮かんでいるような感覚に近い」

「それは……なんだか寂しいね」

「ボク自身が望んだことだ」

それでも、独りぼっちで千四百年意識を保ち続けるのは、どれほどの孤独感に苛《さいな》まれるのだろう。

私には想像できない。ううん、想像するのが怖いほどだ。

いつ目覚めるかもわからない。

それどころか、永遠に目覚めなかったかもしれないと思うと、ぞっとする。

「そういう意味では、お前がいてくれてボクは幸運だった」

「ありがとう。私もネロ君を見つけられてよかったよ」

「ふっ、そういうお前は、先ほどから誰かを探しているようだが？」

「あ、わかるんだ」

実はさっきから、彼と会話をしながらチロチロと部屋の入り口を見たりしていた。

数回、一瞬のことだから気づかれないと思ったけど。ネロ君はよく見ている。

「あの王子なら先に朝食は済ませて職務に向かったぞ？」

「そ、そうなんだ」

「朝食の時に会えると思ったか？　残念だが入れ違いだったな」

ネロ君は大人びた笑顔を見せる。彼にはなんでもお見通しらしい。

恥ずかしさと、入れ違いになってしまったことへのガッカリが同時に来る。

「でもネロ君、なんで知ってるの？」

「あの男も同じだったからだ」

「同じ？」

「ふっ」

ネロ君は小さく笑い教えてくれた。

先に目覚めて扉の前で待っていたネロ君の元に、食事を終えた殿下がやって来たらしい。

仕事が多い日だから早めに起きて朝食を済ませたのだとか。

職務へ入る前に、私の顔を少しでも見れないかと立ち寄って、まだ起きていなかったからと断念したそうだ。

「そうだったんだ。起こしてくれてもよかったのに」

「そんな無粋なことをする男ではないだろう。かなり残念そうだったがな」

殿下には悪いことをしてしまった。けれど嬉しい。

殿下も私に会いたいと、朝から思ってくれていたということだから。

ネロ君は先に食べ終わって私に言う。

「二人とも同じ気持ちなんだ。嫌でも顔を合わせる機会はあるだろう」

「うん」

私も、少し遅れて食べ終わる。

「じゃあ仕事に行こうか」

「そうだな」

今日も一日頑張ろう。殿下に胸を張って会いにいけるように。

そのための元気はもらえた。直接会えなくとも、気持ちが繋《つな》がっているとわかったから十分だ。

私はネロ君と一緒に食堂を後にする。

「おっ！　フレアじゃねーか！」

食堂を出たところで声をかけられた。振り返ると大きな体が特徴的な男性が手を振っていて、その左右に男女が三人一緒にいる。

「ガルドさん、皆さんも」

「おはようございます。フレアさん」

「相変わらず早起きっすね！」

「あんたも見習ったほうがいいわね、ダン」

「寝坊したのはオイラじゃなくて隊長っすよ！」

現れたのは第二王子であるユリウス殿下の親衛隊の皆さんだった。

「ふぁー……しゃーねーだろ？　いい天気だったんだからよぉ」

「天気がいいから寝坊が許されるなら、朝早く起きる人間は激減するでしょうね」

欠伸《あくび》をしている大柄な男性が、親衛隊の隊長をしているガルドさん。その隣でメガネをくいっと持ち上げているのが副隊長のレストさんだ。

「明日はちゃんと起こしなさいよ、ダン」

「オイラのせいっすか！」

親衛隊唯一の女性にして、優れた魔法使いであるイリスさんと、彼女にからかわれて大きく反応している小柄な男性、ダンさん。

この四人が殿下の親衛隊のメンバーであり、私も彼らと同じ親衛隊の一員になった。親衛隊は殿下直属の部隊だけど、所属そのものは騎士団の一部隊らしい。

つまり彼らは騎士であり、その一員となった私も、宮廷魔導具師であると同時に、騎士でもあるということで、ちょっぴり複雑な立ち位置だ。

それにしても、相変わらず仲良しで、見ていてホッとする。

「皆さんもこれからお仕事ですか？」

「おう。今日は騎士団と合同で訓練があるんだよ」

「めんどくさいっすけどね～」

「文句を言わないでください。我々は殿下の親衛隊です。我々がどう見られるかによって、殿下の信用も変わってきます」

「わかってるっすよー。あ、今さらっすけど、フレアさんは参加しなくていいんすか？　オイラたちと同じ親衛隊っすよね」

「彼女は特別枠だからいいのよ」

「へぇー、訓練参加しなくていいって羨《うらや》ましいっすよ～」

ダンさんが頭の後ろで手を組んで羨ましそうに、気だるそうにそう言った。するとイリスさんがため息をこぼし、ダンさんの後頭部を杖でコツンと叩く。

「あいた！」

「フレアには魔導具師としての仕事があるのよ。あんた代わってみたら？　一日も耐えられずに倒れるわよ」

「ま、マジっすか……」

「そ、そんなに大変じゃないですよ？」

「そう思えるのは、お前が優秀だという証拠だ」

　ネロ君が私の後ろからひょこっと顔を出し、腕を組んでそう言ってくれた。偉大な王様であるネロ君に優秀と言って貰えると、嬉しい反面、ちょっぴり恥ずかしい。

「そうよ。フレアはもう少し自分の異常性を自覚したほうがいいわね」

「い、異常性……」

「言い方ひでぇな。ま、フレアにはフレアの仕事があるってことだ！　俺らもさっさと訓練に行くぞ！」

「貴方はもう少し遅刻を反省してください」

「わかってるって。ほら、いくぞお前ら！　またな、フレア」

「はい！　皆さんも、訓練頑張ってください」

　親衛隊の皆さんが私の前から去っていく。イリスさんはニコリと微笑み、ダンさんは手を振って、レストさんはこくりと小さく会釈をした。

　彼らの後ろ姿を見送りながら、ネロ君がぼそりと呟《つぶや》く。

「賑《にぎ》やかな奴らだな」

「朝から元気を貰えたね」

「ふっ」

彼らと共にダンジョンを探索した日のことは、今も鮮明に思い出せる。不謹慎かもしれないけど、とても楽しい時間だった。

また、彼らと一緒に冒険ができる日を夢見ながら、私も彼らに背を向けて歩き出す。

「私たちも行こう」

「ああ」

イリスさんが言ってくれたように、私には私の仕事が待っている。

私は親衛隊の一員であり、第二王子直属の特別宮廷魔導具師なのだから。

◇◇◇

殿下の下に来てからも、魔導具師としての仕事は続けている。

前よりずいぶん働く環境はよくなった。終わることのない仕事に翻弄されたり、一人寂しく夜遅くまで残って働くこともない。

適切な仕事量を与えられ、自由を謳歌できる時間もある。

これ以上ないほど恵まれている。

「確認は終わったぞ」

「ありがとう」

魔導機関の調整は、宮廷で働いていた頃から私がやっている。

私が請け負う仕事の中で、今も昔も一番重要な仕事がこれだ。王都の人々の暮らしは、魔導具の技術によって支えられている。

この部屋にある魔導機関は、人々の暮らしを支える心臓部のようなもの。だから念入りに不具合がないかチェックする。

今はネロ君もいるから、仕事の効率もぐんと上がった。

「この後はどうする？」

「リドリアさんのお手伝いに行くつもりだよ」

失踪してしまった前室長に代わり、新しく宮廷魔導具師のトップになったリドリアさん。置き土産《みやげ》と言わんばかりに残された仕事で、毎日大変そうにしている。

同じく仕事で遅くまで残っていた者同士、通じ合うところも多い。

今ではよき友人関係になった。リドリアさんとは魔導具の話で盛り上がれるから、話していて楽しいというのもある。

もちろん、殿下と二人で過ごす時間は特別な楽しさがあるけど。

女性同士で遠慮もしなくていいから、リドリアさんと会うのは楽しみだ。

「じゃあ行こうか」

「そうだな。今頃お前が来るのを待っているかもしれないぞ」

「そうだといいなぁ」

私はネロ君と一緒に宮廷へと向かった。

元同僚とすれ違う。挨拶をする人、バツが悪そうに眼を逸《そ》らす人。これまで私をどう見ていたのか、一瞬の反応でもわかってしまう。

以前は宮廷で一緒に働いていたはずなのに、廊下を歩いていると視線を集めて居心地が悪い。

私は少し急ぎ足でリドリアさんの部屋に向かう。

ノックをして、中の人の許しを得てから扉を開けた。

「こんにちは、リドリアさん」

「手伝いに来てやったぞ」

「フレアさん！　ネロさんも！　よく来てくれましたぁ」

私たちを見て嬉しそうに、心底安心したように溶けた表情を見せるリドリアさん。

テーブルの上には山積みになった書類。この間手伝った時よりも明らかに量が増えていた。

「すごい量ですね……」

「そうなんですよ。自分の研究もしたいのに溜まっちゃって……手伝ってもらえませんか？」

「はい。そのために来ましたから」

「ありがとうございますぅ」

「情けない顔をするな。それでも組織のトップか。お前を見て皆が動くのだ。もっと日頃から堂々としていろ」

「は、はいぃ……」

やれやれとネロ君は呆《あき》れている。さすが、元王様の言葉には説得力があった。私にはリドリアさんの気持ちがわかるから、弱音を吐きたくなるのも納得できる。

彼女も、他の職員の前ではしっかり室長らしく振る舞っていた。

弱音を見せるのは私たちの前だけ。

そう思うと、信用され、頼りにされていることに気付ける。だから私も彼女のために、少しでも早く仕事を終わらせたくなる。


「終わりましたね」

「はぁ、本当にありがとうございました。私よりフレアさんのほうがずっと室長に向いてますよ」

「そんなことありません。私は他人をまとめるとか、指示するのは苦手なので」

「私だってそうですよ。そういう部分は、前室長を見習わないといけないですね」

「そうかもしれませんね」

あの人は今頃どこで何をしているのだろう。

時折気になっては、知る方法がなくて諦《あきら》めてしまう。

何より、私たちは他人だ。気になるだけで、それを知ってどうしたいというわけでもない。

「今度お礼をさせてくださいね、フレアさん」

「気にしなくていいですよ。リドリアさんのお手伝いは、殿下にもお願いされていることですから」

もちろん、殿下のお願いがなくても、個人的にリドリアさんを応援したいと思っている。

それほどに今はもうお互いをよく知っている。

「それじゃ、私は戻りますね」

「はい。殿下にもよろしくお伝えくださいね。ネロさんもありがとうございました」

「お前はもう少しシャキッとすることだな」

「はい……頑張ります」

子供の見た目のネロ君に注意され、リドリアさんは縮こまる。

なんだかシュールな光景だ。

帰る頃には、外はすっかり夕刻となっていた。

西の空に沈む夕日が、オレンジの光で王城を照らす。

「……」

今日は殿下に会えなかった。また明日、会えることを期待しよう。

そう思った時だった。

「ボクは先に戻る」

「え？　どうして？」

「決まっているだろう？　男女の時間を邪魔するほど、ボクは無粋じゃないんだ」

そう言ってネロ君は立ち去る。

代わりに、私のほうへと足音が近づく。

「殿下」

「会いたくなったから、会いに来た」

そう言って殿下は微笑《ほほえ》む。

夕日のせいか、頬をほんのり赤らめながら。

「私も——会いたいと思っていました」

まるでお互いの思いが通じ合ったように、惹かれ合ったように。私たちは歩み寄り、手を取る。

同じ想いならいずれ会える。

ネロ君の言葉を思い浮かべながら、殿下と一緒に歩き出す。


西の空に夕日が沈んでいく。

静けさが増す王城の敷地を、二つの影が並んで歩く。

「今日も忙しかったか？」

「いえ、私は普段通りでした」

「君の普段通りは、つまりは忙しかったということだな」

そう言って殿下は呆れたように微笑む。私は殿下の笑顔を横目に話す。

「殿下のほうこそ、今日はお忙しかったのではありませんか？」

「少しな。おかげで何度かすれ違った」

殿下が私のほうを向き、優しく微笑みながらそっと私の手を握る。

「朝、本当は会いたかったんだ」

「殿下……私もです」

握ってくれた殿下の大きく強い手を、私は優しく握り返す。

私が殿下に会いたいと思っていたように、殿下も同じ気持ちで眠っている私の部屋を訪ねてきてくれた。

もう少し早く起きていればと少しだけ後悔したけど、今こうして手を取り合えているから……。

「お身体は変わりありませんか？」

「ああ、すこぶる健康だ。君がくれた腕輪のおかげで、呪いもあれから発動していない」

「そうですか……」

あの夜、仕事に疲れて一人帰る途中、苦しんでいる声を聞いた。恐る恐る覗き込んだ先にいたのは、呪いに苦しんでいるユリウス殿下だった。

あの出会いがなければ、今の私はいないだろう。

きっと変わらず、一人で山のような仕事に押しつぶされて、いつか孤独に……。

考えただけでもぞっとする。何より、殿下は苦しみ続け、呪いに侵され命を落としていた。

殿下を救うことができたのは、私の人生において最大の誉《ほま》れだ。

ただし、まだ完全に解決したわけではない。殿下にかけられた呪いは解呪できた、と思っていたけど、腕輪の効果が発動し続けているということは……。

「殿下の中に、呪いは残っているのですね」

「……そうらしい」

殿下は言い難そうに答えた。そのことに私が気づいたのは最近で、ネロ君と呪いについて詳しく話すようになってからだ。

たぶん、私よりも先にネロ君は気づいていたに違いない。

殿下を呪った相手が、一人ではないということに。

「黙っていてすまなかったな。心配させたくなかった」

「わかっています。でも、早く教えていただきたかったです」

「ああ……」

私の役目は、私がすべきことはまだ終わっていない。殿下の呪いを完全に解呪し、本当の意味で殿下を自由にしてみせる。

「見ろ、フレア」

「――綺麗」

殿下と共に歩みを止め、夜空に浮かぶ月を見る。

星々と共に夜空を照らす丸い星。

「今宵は満月か」

「そうみたいですね」

「この月を見ることができるのも、あの日フレアが助けてくれたおかげだ。何度礼を言っても足りないくらいだよ」

「いいえ、私のほうこそ、ユリウス殿下のおかげで……今は毎日がとても楽しいです」

仕事ばかりの日々から解放され、自分のやりたいことに取り組める。まさに夢のような日々だ。

いいや、それ以上に今でも時々、夢じゃないかと思ってしまう出来事があった。

それは……。

「殿下に、恋ができることも……私の幸せです」

私は殿下を見つめる。愛《いと》おしく、大切な人の顔を。

私は不相応にも、一国の王子様に恋をしてしまった。それどころか、殿下は私の気持ちに応えてくださった。

自分も同じ気持ちだと、私のことが好きだと言ってくれたんだ。

「本当に夢のようです」

そっと目を瞑《つむ》る。すると、殿下が耳元で囁《ささや》く。

「なら、現実だと教えてあげよう」

「え？」

ぐっと手を引かれ、唇が触れ合う。

不意打ちだった。思わず目を開けると、殿下の顔がすぐ近くにあって、私の顔が赤くなる。

唇が離れ、お互いの視線が合う。

「この感触は夢じゃないだろう?」

「は、はい……」

「ああ、すまない。さすがに唐突だったか?」

「いえ!　お、驚きました。でも……」

嬉しかった。

言葉にできないほど幸せな時間だった。

ごく僅《わず》かしか触れていないのに、お互いの心を近く感じられるのはなぜだろう。

これ以上ないほどに、幸せが溢《あふ》れてくる。それを知ってしまった私は、少しだけ我儘になりたくなった。けれど我慢していると……。

「フレア、もう一度しないか?」

「――殿下」

「俺がそうしたいんだ。ダメかな?」

「殿下がそう望むのなら」

そうして再び距離が近づく。二度目、三度目と続けて。

周りに誰か来るかもしれないとか、そんなことはお構いなしに。

ただ求め合う。お互いを、全霊で。

「殿下……こんなに幸せで……いいんでしょうか」

「いいに決まってる。君が幸せであることを、一番望んでいるのが誰かわかるか？」

そう言って、殿下はもう一度唇を合わせる。

ああ、この幸せを噛みしめよう。

いつまでも。

第一章　街を侵す不安

今日も今日とて仕事に励《はげ》む。

毎日忙しい。ただ宮廷魔導具師として働いていた頃に比べたら、仕事の量はずっと減ったし、嫌な小言もなく、無理難題を押し付けられることもなくなった。

自由に動ける時間が増えた分、自分がやりたいことにも目を向けられるようになっている。

「フレアさん、最近は自分の研究って何をしているんですか？」

そう尋ねてきたのは、室長のリドリアさんだった。

私は殿下の専属魔導具師であると同時に、宮廷魔導具師でもある。

新任のリドリアさんの補佐も私の仕事だった。今も山盛りになっている彼女の仕事を、ネロ君と一緒に手伝っている。

「最近ですか？　そうですね、特には……」

「やりたいことはないんですか？」

「うーん……」

私は一緒に仕事をしてくれているネロ君に視線を向けた。

見た目は美しい少年だけど、彼は人間ではなくてゴーレムだ。しかも中身は大昔の王様であり、偉大な魔法使いでもある。

自身の魂と記憶を、ゴーレムの肉体に封じ込めて、現代まで生き続ける異例の存在。その身体を動かすためのコアは、前室長の置き土産を完成させることで作り上げた。

あの時、私は自分がやりたいことの一つとして、前室長が残した不完全なゴーレムのコアを完成させることを目指した。

それが達成された今、再び自分がやりたいことを探す段階になっている。

じっと見ていると、ネロ君が私の視線に気づいて振り向く。

「ボクを見続けても何も浮かばないぞ」

「そ、そうですよね……」

ネロ君は偉大な魔法使いで、私の大先輩の魔導具師でもある。

何世代も維持できるゴーレムの肉体を造ったり、自分の魂や記憶まで取り込んだり、普通では考えられないことをしている。

そんな彼なら、なんでも知っているんじゃないかと思ってしまうのは、他力本願すぎるだろうか。少し反省する。

「やりたいこと……」

何があるだろう？

あの時も、結局自分では見つからなくて、偶然手に入れた前室長の置き土産に助けられたようなものだった。

私がやりたいと思うことは、私自身の中にあるはずだ。

そうだとわかっていても、私は一体何がしたいのだろうか。フレア・ロースターとしてやりたりたいことなら、一つは浮かんでいる。

だけどこれは、魔導具師としての望みというより、一人の女性としての願いだ。

殿下の傍にいたい。あの人の役に立ちたい。

そしていつか、あの人の隣に立てる人間になれるように……この国の王子様と釣り合うためには、もっと功績を積まなければならない。

功績……この国にとって有益な何かを生み出すこと。

それとは別に、一人の魔導具師としての目標をそろそろ見つけたいところだ。

悩む私を見かねてか、ネロ君が助言する。

「無理をしてまで見つける必要はないと思うがな」

「そう思いますか？」

「お前は優秀な魔導具師だが、まだまだ経験が不足している」

「ネロ君に比べたらみんなそうですよ」

「ボクと比べずとも、お前はまだ若いのだ。魔導具師としてもそうだが、人生経験も足りていない。そこの新米室長もな」

「わ、私もですか！　そりゃあまぁ……そうですよ」

リドリアさんはしょんぼりしながらテーブルの上の書類を片付けている。

ネロ君が言っている経験というのは、長く生きるほどに積み重なる日々のことであり、それは今すぐに手に入るものじゃない。

「ゆっくり見つければいい……ってことですか？」

「そういうことだ。焦《あせ》らずとも、どうせそのうち見つかる。お前たちはまだ、人生のスタートラインに立ったばかりだ」

「ネロ君が言うと説得力が違いますね」

「その見た目で言われると、頭が混乱しますけどね……」

「ふっ、ボクとてお前たちよりも少し長く生きているだけに過ぎない。ゴーレムになってからの大半は眠っていたからな。せいぜい今のお前たちの三、四倍程度の人生だ」

ネロ君の正体はこの国の原型となった大国、ローマニア王国の五代国王、ネロ・クラウディウス。あらゆる魔法を極めた大魔法使い、賢者と呼ばれた偉人だった。

歴史を記した本にもしっかりと彼の名が記されている。

ネロ君は国王として、魔法使いとしてその力を遺憾なく発揮し、ローマニア王国を発展させた。だけど、そんな彼を快く思わなかった何者かが呪いをかけた。その呪いは、偉大な魔法使いであるネロ君でも解呪できないほど強力で、彼は死を待つしかなかった。

そんな運命に抗《あらが》うために、彼は魔導具技術を駆使し、自らの魂と記憶をゴーレムに封じ込め、呪いから脱する手段を見つけ出した。

ネロ君の話によれば、彼はゴーレムになる際、自分で自分を殺し死体にしている。それがちょうど六十五歳の誕生日だったそうだ。

その話はリドリアさんも知っていて、ネロ君を見ながらぼそっと呟く。

「あっという間だぞ。年を重ねるごとに一日、一月、一年が早く感じられるようになる。そうなれば、老いてシワだらけになるのも一瞬だ」

「十分な長さだと思いますけどね」

「女性としては複雑な気持ちですね……」

「そういうものだ。生きるというのは、必ず死に向かって進むということ。初めは長く感じられても、近づくにつれて終わりを実感し、早く感じるものだ。だが、それでもお前たちはまだまだ若い」

話しながら、私やリドリアさんに視線を向けて、ネロ君は呆れたように笑う。

「老いを感じ始めるのも、まだ先のことだろう。せいぜいそれまで、新しいことをできるだけ経験しておくといい」

「新しいこと……ですか」

「そうだ。いいことばかりだけではダメだぞ？　苦い経験もできるだけしておけ」

「苦い経験も？」

「それが人生だ。喜怒哀楽、人間の感情は多岐に渡るが、奮い立たせる感情が常に前向きなものとは限らない。後ろ向きな感情が起爆剤となって、新しい何かを生み出すこともある。ボクのこれも、元は後ろ向きだ」

死にたくない。呪いに侵される恐怖から逃げるために、彼は自らをゴーレムに造り替えた。

確かに前向きな感情とは違う。

後ろ向き、とまでは思わないけれど、決して楽しい感情や、嬉しい感情によって突き動かされたわけでもない。

思えば人類の発達も、それに近いのかもしれない。

「これがしたいというより、これがないと大変だからって理由で、いろんな発明が生まれていますよね」

「そういうことだ。やりたいことを探すより、できないことを見つけるほうが早いこともある」

「できないこと……」

「もしくはこうすれば楽だとか、したくないことでもいいぞ」

「私は仕事をせずに楽に暮らしたいです」

リドリアさんの口から本音がぼそっと漏れて、だらけた様子でテーブルの上に突っ伏す。室長としての仕事に毎日明け暮れて、彼女はいつも大変そうだ。

私も少し前まで、終わらない仕事を前に同じことを思ったことはあるから、気持ちはわかる。

「そう思うなら部下を育てろ。自分の代わりに働く手足を作れ。ゴーレムでもいいぞ」

「無茶言わないでくださいよぉ」

「ならば手を動かせ。嘆《なげ》いているばかりでは終わらないぞ」

「うぅ……現実は厳しい」

「あははは っ、気を落とさないでください。私もお手伝いしますから」

「フレアさーん、ありがとうございます」

涙目でそう言ってくるリドリアさんを見ながら、ネロ君は呆れたため息をこぼす。

「やれやれ」

変わらぬ日常。

忙しくはあるけれど、余裕がまったくないわけでもない。こうして雑談をする程度には、心にも、時間にも余裕は生まれている。

だからこそ、何かできることはないだろうかと考えることが増えた。

ネロ君の助言も聞きながら、私がやりたいこと、できないこと、やりたくないことを考えながら、今日も仕事に励んでいる。

すると、トントンとドアをノックする音が聞こえた。

「はい」

「――俺だ」

この声は――。

「殿下？」

一番早くその声に反応したのは私だった。

リドリアさんが入室の許可を出すと、扉が開いて姿が見える。声でわかっていたけど、こうして顔を合わせると改めて嬉しい気分になる。

「邪魔するぞ」

「いらっしゃいませ、ユリウス殿下」

「ああ、急に顔を出してすまないな、リドリア室長。相変わらずの仕事量みたいだな」

「あ、あははは……お恥ずかしいところをお見せしました」

リドリアさんは苦笑いをしながら、テーブルの上の書類を頑張って隠そうとしている。もちろん隠せるような量じゃない。

「あまり真面目過ぎるといずれ身体を壊すぞ」

「安心しろ。今もサボる方法を考えていたぞ」

「ちょっとネロさん！　違います殿下！　サボろうとしていたわけじゃありませんから！」

「ふふっ」

ネロ君の冗談にアタフタするリドリアさんを見て、思わず笑ってしまった。

ふと、殿下と視線が合う。殿下が微笑み、私も笑顔を返した。

「こんにちは、殿下」

「ああ、フレアも仕事中にすまないな」

「いえ、殿下のほうこそ、今日はいくつも会議があってお忙しいとお聞きしています」

「まぁな。やっと半分終わったところだ」

殿下はそう言いながら、腰に手を当てて伸びをする。

第二王子である殿下は、外交で不在がちな陛下やクラウス殿下の代わりに、この国の政治や担当領地の運営で忙しくされている。

　私たち以上に忙しくて、本当ならこうして顔を合わせることすら難しいのに、殿下はよく私たちの様子を見に来ては、労《ねぎら》いの言葉をくれる。

「マメな男だな」

「そうでもないさ。俺も気晴らしが必要なだけだよ」

「ふっ、今回は気晴らしが目的でもなさそうだが？」

「よくわかったな。まだ何も言っていないのに」

「その手の書類を見ればわかる。普段ここへ来るときは手ぶらだろう？」

　ネロ君は殿下が右手に持っている書類を指さした。

　彼が言う通り、普段殿下が様子を見に来てくれる時は特に何も持っていない。今日は何やら書類を片手に持っていた。

　殿下はその書類をリドリアさんのテーブルに置く。

「新しい報告書だ。二人に見てほしくてな」

「フレアさんではなく、私にもですか？」

「ああ、二人の見解を知りたい。今すぐでなくてもいいから、眼だけ通しておいてほしい」

　そう言って殿下は書類をテーブルに置くと、すぐに扉のほうへ戻っていく。

　私は殿下の後ろ姿に寂しさを感じて、声をかけた。

「もう戻られるのですか？」

「ん？　ああ、まだ仕事が残っているからな」

「そう……ですか」

お忙しいのはわかっているし、もう少し一緒にいたいというのは……私の我儘だ。殿下を困らせるわけにはいかない。

「そんな顔をするな。君との時間も、ちゃんと考えているよ」

「殿下……」

殿下は私の気持ちを察して歩み寄り、頬に優しく触れてくれた。

寂しいと感じているのは私だけじゃない。殿下も同じ気持ちだとわかって、ホッとして、嬉しくなってくる。

「また後でな、フレア」

「はい。殿下もお仕事、頑張ってください」

「ああ。フレアもな」

殿下はニコリと微笑み、部屋を後にする。

私は閉まった扉を眺めながら、自分の頬に手を当てる。

殿下の声を聞いて、頬に残る温かさを感じて、私の心はポカポカと熱を持つ。一分にも満たない時間だったけれど、十分にやる気は満ちた。

殿下の顔を見られただけでも、私にとっては幸せなことだ。

「そういう見せつけは他所でやってくれ」

「本当ですね～。こっちまで恥ずかしくなりますよぉ」

「あ、ご、ごめんなさい」

ネロ君とリドリアさんが一緒にいることを忘れてしまうほどに、殿下とのやり取りに浸ってしまうことも多くて、よく二人に呆れられていた。

今さらになって恥ずかしくなり、頬が熱くなる。

誤魔化すために私は殿下が置いていった書類のことを話題に出す。

「私たちに見てほしい書類ってどんな内容でしたか？」

「え、ああ、これですね」

「うむ」

リドリアさんとネロ君が書類を覗き込み、私も遅れて彼女たちに近づく。

書類は報告書と書かれ、殿下が担当する領地で起こっている出来事について記されていた。

場所は王都より東に位置するルーレウトという街で、以前に遠征で向かったアクリスタと比べて、街の広さは半分以下程度らしい。

アクリスタのように特徴的な街というわけではなく、ごくごく普通の領地にある、普通の街でしかなかった。

数か月ほど前から原因不明の感染症らしきものが蔓延しているらしい。報告内容を見ながら、私とネロ君は視線を合わせる。

「少しだが、似ているな」

「そうだね」

アクリスタで経験した出来事と似ている。

水の街と呼ばれているアクリスタでは、原因不明の水質汚染が広がり、街の人々の生活に支障が出てしまっていた。

私たちが派遣され原因を探ったところ、水を管理する施設の局長が、魔法で毒素を生成し、意図的にアクリスタの水を汚染していた。

大きな意図があったわけではなく、単に汚染水をバラまくことで、安全な水を高値で住民に売りつけることが目的だったそうだ。

今回の件、病と水害では違うけれど、突然原因不明の何かが広まった、という点が一致している。些細な一致だけど、アクリスタの件で神経質になっているのだろうか。

私たちはあの時の事件と重ねて考えていた。

「今回も似たような理由かもしれないな」

「そうだね。だから殿下は、私たちに意見を求めたのかな？」

「かもしれん。あるいは、別の何かがあるのかも。もう少しこの街についての情報がほしいな」

「リドリアさん、この街についてはご存じありませんか？」

「ちょっとなら知っていますよ。二度ほど訪問したことはありますね」

「本当ですか？　どんな街ですか？」

リドリアさんはうーんと思い出しながら答える。

「そうですね。特段これといって記憶に残っているものはないんですよ。しいていうなら普通の街ですね」

「何の情報にもならないじゃないか」

「う、すみません……」

「アクリスタみたいに、水を管理する場所があったりしませんか？」

「えーっと、確かそういうのは全て魔導具で管理されていたと思いますよ」

魔導具で生活水の管理をしているのは、私たちが暮らしている王都と同じであり、リドリアさんの話を聞く限り、仕組みも同じようだ。

規模が違うだけで、魔導具の管理も王国から派遣された魔導具師が定期的にやっているらしい。リドリアさんが訪問したのも、一か月に一度の検査だったとか。

「それなら、定期検査を担当している魔導具師に話を聞いたほうがいいだろう」

「そうだね。リドリアさん」

「はい。ちょっと待ってくださいね。えっと、担当しているのはカラリスさんですね」

「カラリスさん……」

聞いたことがない名前で、キョトンとしてしまう。同僚の名前も知らないなんて、私も失礼だなと自覚している。

研究室にこもりがちで、あまり他の人と関わろうとしなかった弊害だ。

「この仕事が一段落ついたら、私と一緒に話を聞きに行きましょうか」

「そうですね。そうしましょう」

「終わるといいな」

「が、頑張りますよ。ネロさんもお手伝いお願いします」

「さっきからしている」

ネロ君は私たちが話している間も、片手間に仕事を片付けていた。さすが大魔法使いにして、かつての大国をまとめていた人だ。

私たちの何倍も仕事が速くて効率がいい。それに正確で、ネロ君が確認してくれたものは一つもミスがない。

私やリドリアさんは時々ミスをするから、ネロ君に最終チェックをしてもらっている。

たぶん、私たちは同じことを思って、リドリアさんの本音が漏れる。

「もういっそ、全部ネロさんに任せたほうがいいのでは……？」

「いいわけないだろう。ふざけていると手伝わないぞ」

「す、すみませんでした！　頑張って働かせていただきます！」

「まったく、フレア。お前もぼーっとしていないで手を動かせ。仕事が終わらないと、あの王子とイチャつく時間もないぞ」

「イチャ……、が、頑張ります」

ネロ君に監督されながら、私とリドリアさんはせっせと働いた。いつになく集中したことで、仕事もある程度が片付き、一段落つけられる。

もうすっかり夕方だけど、まだ定時には少しだけ早かった。

　リドリアさんは大きく背伸びをする。

「くぅー……終わりましたねぇ」

「そうですねぇ」

「休憩は後にしろ。話を聞きに行くんじゃないのか？」

「そ、そうでした……ネロさんはまったく疲れていませんね。私たちの三倍はお仕事をしてくれていたのに……」

「今のボクはゴーレムだからな。人間と違い疲労は感じない」

「……」

　リドリアさんが羨ましそうにネロ君のことを見つめる。何を考えているのか察したのか、ネロ君は大きくため息をこぼす。

「自分もゴーレムになりたいと思っているな」

「うっ……はい」

「思うのは勝手だが、あまりおすすめはしないぞ。確かに疲れを感じない。睡眠や食事もこの身体なら必要なくなった。とっているのは趣味のようなものだ」

「う、羨ましい」

「そう思うだろう？　なってみればわかる。必要なくなったというだけで恋しくなる。自分が人間ではなくなったことを痛感させられるのも、中々嫌な気分だぞ」

ネロ君はそう語りながら、疲れたようにため息をこぼし、窓の外を見つめる。

以前、自分は失敗したからここにいると語っていた。人として生き、人として死ぬ。ゴーレムとなったネロ君には、もう普通の人間として生きることはできない。

それを失敗と表現していた。私はまだ若くて未熟だから、ネロ君の感覚はわからないけど、なんとなく寂しさは感じ取れる。

「まぁ、なりたいなら方法を教えてやってもいいぞ？　ゴーレムになれば疲れは感じなくなる。つまり、好きなだけ……永遠に仕事ができるからな」

「ひ、ひぃ！　それは最悪ですよ」

「ふっ、そう思うなら人間として精進するんだな。疲れも生きている証拠だ。嚙みしめておけ」

「は、はい……」

ネロ君のありがたい助言を貰ってから、私たちはリドリアさんの案内でカラリスさんの研究室へと足を運んだ。

「ここです」

研究室前にたどり着き、リドリアさんがコンコンとノックをする。

「カラリスさん、リドリアです」

「室長？　はい、どうぞお入りください」

「失礼します」

扉を開けて研究室に入る。そういえば、他人の研究室に入るのは初めてかもしれないと、今さらながらに思い出す。

ちょっぴり緊張しながら、リドリアさんの後ろに隠れて中に入った。

中の造りは私たちが働いている研究室と変わらず、テーブルの上に仕事の書類が積み上げられていたり、研究中の魔導具が転がっていたり。

なんだか安心した。

魔導具師の研究室は、大体みんな似たような環境になるらしい。

「室長がこちらへ来るなんて珍しいですね。それに……」

「はい。フレアさんと助手のネロさんです」

「こんにちは」

「お邪魔します」

ネロ君が元気に明るく挨拶をした。彼の正体を知っているのは、私やリドリアさん、殿下と親衛隊の方々だけだ。

ここでのネロ君の素性は、ダンジョン探索の道中で見つけた拾い子であり、優秀な才能を持っていたから私の助手になった。

というちょっと無理がある理由をでっちあげている。

彼の正体を公表すれば、きっと多くの人が興味を持ち、接触を図ろうとするだろう。自律型のゴーレムというだけでも特別なのに、中身は大昔の大魔法使いだ。

注目するのはいい人間ばかりではなく、悪い人間も含まれる。

公表するほうが面倒なことが増えそうだから、今もネロ君のことは公表していない。

そういうわけで、私たち以外の人がいる前では、ネロ君は無邪気で元気な少年を演じるようにしている。

「なんというか、違和感しかありませんね」

「どうかしましたか？」

「——い、いえ、なんでもありません」

ネロ君は笑顔でリドリアさんに視線を向けた。余計なことを口走るなと、笑顔の圧力がとても恐ろしくて、私まで背筋がビクッとする。

「フレアさん、ですよね？」

「はい」

「お噂《うわさ》はかねがね聞いております。私はカラリスです。よろしくお願いします」

「こちらこそよろしくお願いします」

カラリスさんは丁寧に挨拶をしてくれて、私もそれに合わせてお辞儀をする。

見た目は優しそうな男性で、歳は私たちよりは上だろうけど、そこまで離れているとは思えない。二十代後半……三十代？

そのくらいに見える。

挨拶を終えたところで、カラリスさんがリドリアさんに尋ねる。

「室長、今日はどうされたのですか？」

「カラリスさんはルーレウトの魔導具検査を担当されていますよね？」

「そうですね。あそこは私の管轄ですよ」

「ですよね。ルーレウトの街についてお話を聞かせてほしいんです。少しだけお時間をいただくことはできませんか？」

「構いませんよ。ちょうど仕事も片付いたところですので」

　カラリスさんは快く了承してくれて、共用の応接室に場所を移すことになった。研究室は散らかっていて、ゆっくり話すスペースもない。

　カラリスさんはちょっぴり恥ずかしそうに断っていたけど、そういうところも、同じ魔導具師として共感できる。

　移動中に軽く話して、年齢は今年でちょうど三十五歳だということがわかった。

「全然見えませんね」

「ははは、よく言われますよ。実際の年齢より若く見えると」

「羨ましいですねぇ」

　そんな風に言っているが、リドリアさんも十分若くて綺麗だ。若く見られたい気持ちは、女性ならみんな共感できると思う。

「男性にとってはあまり嬉しいことではありませんよ。少なくとも私にはですが」

「そうなんですか？」

「ええ。若く見られるということは、大人よりも子供に近く見られているということでもあります。それは裏を返せば、頼りがいがなさそうという風に見られている、ということですから」

「ああ、そういう見方もあるんですね」

「初めて知りましたよ。てっきり男性も若く見られたいとばかり」

リドリアさんの意見に私も頷《うなず》く。

老いから逃げられない人間にとって、若さは何よりも大切にしたいものだと思っていた。カラリスさんは笑いながら言う。

「大抵の人はそうですよ。ただ中途半端に歳をとると、そういう後ろ向きなことも思ってしまう、というだけです」

「なるほど……今後男性に歳の話をする時は気を付けないと」

「お前はまず相手を探したほうがいいだろうな」

「――――！　何か小言が聞こえたような……」

「気のせいじゃありませんか？」

ニッコリ笑顔でネロ君はそう言った。気のせいではないことは、私もリドリアさんもわかっている。

なぜかリドリアさんには厳しいネロ君だった。

応接室に到着して、私たちとカラリスさんは向かい合う形でテーブルを挟み、ソファーに腰を下ろした。

　私が用意したお茶を飲み、カラリスさんがリドリアさんに尋ねる。

「それで、聞きたいことというのは？」

「もちろん知っていますよ。ちょうどこの間、ユリウス殿下の親衛隊の方々にも話を聞かれましたので」

　殿下がすでに情報を集めるために親衛隊を動かしているらしい。それならわざわざ聞かなくても、いずれ私にも情報は回ってくる。

　二度手間になってしまったようだけど、せっかく時間を作ってもらったのだから、私のほうでも話を聞いておこう。

「ルーレウトはどういう街なんですか？」

「ごく普通の街ですよ。街並みは小規模ですが、ここ王都に似ていますね。人々の暮らしも、特別何か変わっているということもありません」

「そうなんですね。街の魔導具の管理はカラリスさんが一人でやっているんですか？」

「基本はそうですね。普段は街にいる騎士が管理してくれています」

「騎士が？　魔導具師ではないんですね」

「魔導具師の数はそこまで多くありません。街に一人以上常駐させることはできませんから、騎士の方々にも協力してもらっているんです」

「そうだったんですね」

全然知らなかった。

私は王都の魔導具の管理を任されていて、ずっと一人でやっていたから、他の街や村でも同様に、魔導具師が一人はいて担当しているのだと思っていた。

「とは言え、魔導具師ではないので細かい調整はできません。ですから月に一度のペースで私が確認をしに行くんです」

魔導具師でなければ魔導具の中身までは確認できず、外観や動いているかどうかの確認くらいしかできない。

だから王都から派遣される魔導具師によって、月に一度以上の確認作業をしている。他の街でも同様のことが行われているらしい。

「前回は二週間ほど前に確認してきましたが、問題なく機能していましたよ」

「そうですか。その前はどうでしたか？」

「特に問題はありませんでしたね」

「街の様子は？」

「そうですね。その頃からだったか、風邪気味の人が街に増えていたように思います。とはいっても、そこまで深刻な症状ではなかったんですが……」

カラリスさんは話しながら難しい表情を見せ、続きを語る。

「二週間前に訪れた際は、騎士団の方も風邪をひいていました。症状はそこまで重いものではなかったみたいですが、既存の薬の効き目が悪く、長引いているそうです」

「その方々は今もルーレウトに？」

「ええ、いらっしゃるはずです。熱が酷いという感じでもなくて、ただちょっと風邪気味という症状が続いているようでしたね」

「風邪気味……」

　聞く限りただの風邪のようにも思えるけど、アクリスタの一件が最近の出来事だから、余計に心配になってくる。

　もしも意図的に誰かが街に毒をバラまいていたとしたら……。

「これは、実際に行って確かめるしかなさそうですね」

「そのほうがいいと思います。もしよければついでに、魔導具のほうも見てきていただけますか？　フレアさんほどの魔導具師に見ていただければ、もし私が何か不具合を見落としていても発見できるのではないかと思います」

「私はそんなに大したことは……でも、はい。見てきます」

◇◇◇

　カラリスさんとの話が終わり、研究室に戻って一日の仕事を終えた。私はネロ君と一緒に自室への帰路についている。

「カラリスさん、いい人そうだったね」

「どうだろうな。人は見かけでは判断できない。あの街で学んだはずだろ」

「それはそうだけど……」

「ふっ、まぁ確かに、あの男は善良な市民に見えた。悪だくみをしているようには見えないし、そもそも月に一度しか訪れず、ほとんどの管理を他者に任せている時点で、何か企《たくら》んでいる可能性は低いだろう」

「そうだよね。じゃあ本当にただの感染症なのかな？」

「それこそ行って確かめる以外他にない。もっとも病気が理由なら、派遣されるのはボクたちではなく医者だがな」

ネロ君の言う通りで、ただの感染症なら私たちがわざわざ出向く必要はない。王都には優秀なお医者さんがたくさんいる。

彼らに任せておいたほうがいい。

でも、殿下が私たちの意見を求めたということは、そうじゃない可能性が頭に過《よぎ》っているのだろう。私も殿下も、アクリスタでの一件が記憶に新しいから。

「お、見つけた！　フレア！」

廊下を歩いていると、大声で私の名前を呼ぶ人がいた。今の声は……。

「ガルドさん」

「よう、探したぜ。ネロもな」

「何の用だ？」

　ガルドさんは走って私たちのところまで近寄り、ネロ君の質問に答える。

「ちょっと時間くれるか？　新しい任務のことで話があるんだ」

「ひょっとして、ルーレウトのことですか？」

「おう。ってことは殿下から話は聞いてるのか？」

「報告書を貰いました。私とリドリアさんに意見がほしいと」

　ガルドさんに今日のことを軽く説明した。ガルドさんはうんうんと頷いて、腰に手を当てて胸を張って宣言する。

「なるほどな。そのことで、近いうちに俺たち親衛隊が調査に行くことになりそうなんだ。フレアも同行してほしい。もちろんネロも一緒だぜ」

「それは構わないが、ボクたちが同行するということは、そういうことなのか？」

「ただの感染症じゃないんですね」

「その可能性が高いってことだ。この間の件もあるし、あそこは殿下の管轄だからな。悪さしてる連中がいるかもしれねえ。だから確かめに行く」

　ガルドさんは力強く拳《こぶし》を握り、意気込みを露《あらわ》にする。

　正義感の強いガルドさんは、困っている街の人たちを想像して燃えているようだ。私も、街の人たちが苦しんでいると聞いて放置はしたくない。

　何ができるかは行ってみないとわからないけど、私の力が必要なら喜んで手伝おうと思う。

　きっと殿下も、それを期待して私たちに報告書を見せたのだろうから。

「わかりました。そういうことなら」

「よし！　日にちが決まったら連絡するぜ！　室長にはフレアから伝えておいてくれ。しばらく留守にするってな！」

「はい」

「リドリアは嘆くだろうな。これでしばらく一人仕事だ」

「そ、そうかもね……」

リドリアさんには申し訳ないけど、私がいない間は一人で頑張ってもらうしかない。ネロ君はちょっぴり意地悪に笑う。

リドリアさんが嘆いている様子が今から想像できてしまって、すでに申し訳ない気持ちでいっぱいになった。

そんな私にネロ君は言う。

「気にするな。元より一人分の仕事だ」

「それはさすがにひどいんじゃ……」

「ボクたちに頼りきりでは成長できないということだ。いい加減、リドリアには室長としての自覚を持ってもらわないとな」

「ネロ君はリドリアさんに厳しいね」

「そう見えるか？」

「うん。どうして？」

　私が尋ねると、ネロ君は少しだけ切なげな表情を見せ、口を開く。

「あいつが、ボクの弟子に似ているせいだろうな」

「ネロ君、弟子がいたの？」

「ああ。大昔の話だがな。出来はいいくせに根性はない。いつも泣き言ばかり言っていた。見ていると腹が立ってくる」

「そ、そうなんだ……」

　その大昔のお弟子さんと比べて、リドリアさんにも厳しくしているのか。ちょっとリドリアさんに同情する。

「そういうわけだから、また後でな！」

「はい！　あ、ガルドさん」

「なんだ？」

　立ち去ろうとしたガルドさんを呼び止める。

「その、殿下も同行されるんですか？」

「あー、そいつは本人に聞いてくれ。たぶんそっちのほうがいいだろ」

「……？　はい。わかりました」

　私は首を傾《かし》げながらガルドさんを見送った。

　その日の夜……。

◇◇◇

「すまない。今回は同行できそうにない」

「――――！」

殿下が私の部屋を訪れて、ベッドの端に座りながら私に頭を下げている。

申し訳なさそうに頭を下げている殿下を見て、一瞬ガッカリして、すぐ我に返った私は慌てて殿下に言う。

「あ、頭を上げてください。私なら大丈夫です」

「そうか？」

「はい。殿下もお忙しいですもんね」

口ではそう言いながら、笑顔を頑張って作ってはみたものの、やっぱりガッカリしている自分は隠せなかった。

表情に出てしまったのだろう。殿下は気づいて、再び申し訳なさそうに言う。

「本当にすまない。俺も同行したいのは山々なんだが……兄上に止められてしまってな」

「クラウス殿下に？」

意外な人物の名前が出て、思わず驚いてしまった。

ユリウス殿下は小さく頷いて、続きを話す。

「感染症が蔓延している場所に、一国の王子がわざわざ出向くことはありえない。部下たちに任せろと言われてしまった」

「そう……だったんですね」

　単に忙しくて同行できない、というわけではなかったらしい。

　私は勝手にガッカリして、今は少しホッとしている。殿下も本当は一緒に行きたかったと思っていることに。

「この間のアクリスタの一件があっただろう。あの話は兄上にも伝わっていて、顛末《てんまつ》についても知っている。似たような状況、危険とわかっている場所に自ら飛び込むことはない。そう念を押されてしまった」

「クラウス殿下も心配されているのですね」

「ああ。兄上はそういうお方だ。合理的でもある。一国の王子としては、確かにわざわざ危険な場所に向かう必要がない。俺が普通じゃないだけだ」

「いいえ、殿下はお優しいだけです」

　一国の王子という立場でありながら、身分の低い人間にも礼儀を忘れず、苦しんでいる人々の声を聞けば、じっとしてはいられない。

　そういう性格だと知っているから、クラウス殿下も心配されているのだろう。

　アクリスタの一件も、もしも運が悪ければ殿下まで毒に侵されていたかもしれない。悪党は行くところまでたどり着くと、手段を選ばないから怖い。

特に殿下のような立場の人間は、多くの人から恨みを買ってしまう。立場がそうさせるのは悲しいけど、仕方がないことだ。

今も、殿下の身体には呪いがかかっている。

落ち着いているとはいえ、完全に解呪が完了したわけじゃない。

自分の立場も、状況も、きっと殿下はわかっている。わかった上で、身体が動いてしまうし、殿下はきっと……。

「殿下、ルーレウトのことは私に任せてください」

「フレア……」

「心配しないでください。すぐに終わらせて戻ってきます」

私のことも、心配してくれている。

危険な場所だからこそ、私を行かせたくないという気持ちがあるのだろう。そうだといいな、なんて勝手に思う。

殿下は優しい人だから、自分のことよりも身近な誰かの不幸で心を痛めるだろう。私のことを大切にしてくれている殿下だから。

そんな殿下のことを、私は好きになったんだ。

「大丈夫です。ガルドさんたちも一緒ですし、ネロ君もいますから」

「そうだな。俺がいるより、よっぽど頼りになるだろうな」

「そ、そういうわけじゃありません」

「ははっ、わかってる。ちょっと意地悪だったな」

殿下は私の隣に近づいた。肩一つ分くらい空いていた隙間がなくなり、お互いの肩が重なり、顔も近くなる。

殿下の手は優しく、私の頬に触れていた。

「殿下……」

「心配だよ。フレアに何かあったらと思うと……胸が苦しくなる」

「……私も同じです」

きっと逆の立場だったら、私も殿下と同じ胸の苦しみを味わっていたはずだ。大切な人を危ない場所に行かせたくない。

当たり前の気持ちを感じて、私は心が温かくなる。

「俺がもっと我儘を通せる王子だったらよかったのにな」

「そんなことありませんよ。殿下は今のままでとても素敵です」

「ありがとう。フレア」

「殿下……」

そっと唇を合わせる。

不安を誤魔化すように、少しでも勇気を貰えるように。

殿下との触れ合いが、弱い私の背中を押してくれる。大丈夫なんていいながら、不安がなくなったわけじゃなかった。

私はまだまだ自分に自信がもてない。

殿下の傍を離れて上手くやれるだろうか、とか。私なんかが行ったところで、何もできないんじゃないかとか。

後ろ向きなことばかり考えてしまう。

そんな私を、殿下の優しさと温もりが包んでくれる。たったそれだけのことで、頼りない自分が好きになる。

「フレアならきっと解決してくれる。俺はそう信じているよ」

「はい」

殿下の期待は私にとっての宝物だ。殿下はそう言いながら、私の肩にそっと腕を回して、自分の胸に抱き寄せる。

「殿下？」

「すまないな。君にばかり無理をさせてしまって」

「そんなことありませんよ。今の私がいるのは、殿下と出会えて、殿下の傍にいさせてもらえるからです」

あの出会いが運命を変えた。

仕事や人間関係に押しつぶされて、心も体も壊れかけていた私を、殿下が救い上げてくれた。

ずっと感謝し続けている。あの日に、殿下の優しさに。

「私だけじゃありません。きっと多くの人が殿下の優しさに助けられていると思います」

「……そうだといいな」

「間違いありませんよ。だって、殿下の周りにいる人は、みんな活き活きして楽しそうです」

　親衛隊の皆さんだけじゃない。王城で、外で、殿下と話をしている人たちは皆、とても楽しそうで瞳を輝かせている。

　それは紛れもなく、殿下が信頼されているあかしだ。

　大きなことじゃなくてもいい。ただ声をかけられたり、労いの言葉を貰ったり、見てもらえているというだけで、人は頑張れる。

　殿下は自然に、人のやる気を引き出している。

「アクリスタのことも、街の人たちに事情を説明して、お医者さんを手配したり。不安がる街の人たちが安心できるように管理体制を一新したり、殿下が迅速に動いてくださったおかげで、今は元の生活に戻っていると聞きます」

「あれも、もとをたどれば俺が早く気づけなかったことが悪いからな」

「そんなこと、街の人たちは思っていませんよ」

　きっと感謝しているはずだ。王都から離れたあの地を、殿下が気にかけ、手を差し伸べてくれたことを。

「私が頑張れば、殿下のお力に繋がります。だから頑張ってきますね」

「フレア……」

　私は笑顔を見せた。彼を安心させたくて、できるだけ明るい笑顔を。

するると、殿下は私を勢いよく抱きしめる。

「で、殿下！」

「無事に帰ってきてくれ。それだけでいいんだ」

「……はい」

抱きしめられて、心臓がバクバクと激しく鼓動する。

私だけじゃなくて、殿下もドキドキしているのが肌から伝わる。鼓動が重なり、視線を合わせて、もう一度キスをした。

第二章　日常に潜む闇

親衛隊を含む私たちは、王都を出発してルーレウトの街へと向かった。

しばらく留守にすることをリドリアさんに伝えたら、案の定この世の終わりみたいな顔をされてしまった。

とても心苦しかったけど、私たちが不在の間は一人で頑張ってもらうしかない。

「なるべく早く終わらせたいね」

「あまり甘やかすな。独り立ちさせるにはいい機会だ」

「子供じゃないんだから」

「ふんっ、ボクからすればお前たちは子供と変わらない」

「子供というより孫だよね。本来の年齢差だけなら」

実際のネロ君は六十歳を超えているし、眠っていた期間も含めたらはるかに長い。見た目は子供だけど、中身は経験豊富なお爺さんだ。

この先、ゴーレムのネロ君の見た目は変わらず、精神年齢だけが増えていくと思うと、関わる人たちが感じるギャップも増していくのだろうか。

「見た目も変化できたらよかったね」

「必要ない。姿を誤魔化すだけなら魔法で十分だ」

「そっか。変身の魔法も使えるんだね」

「ボクに操れない魔法は、特殊なものを除けば何一つない。ご希望なら、愛しのユリウスになってやろうか？」

「――だ、大丈夫だよ？」

ちょっぴり反応してしまったけど、私は誤魔化すように笑う。もっとも、ネロ君に誤魔化しは通用せず、ニヤリと笑みを浮かべられる。

「たかが数日、長くても数週間程度だ。その程度離れるだけでも不安か？」

「……そうだね」

「ふっ、ユリウスのほうが気が気ではないだろうがな。お前が早く帰りたいのはリドリアのためではなくて、ユリウスに会いたいからだろう」

「……そ、それもあるかな？」

しっかり見透かされていたみたいで、私は恥ずかしさを隠すようにそっぽを向いた。

リドリアさんのことも心配だけど、殿下と離れ離れになることも嫌だった。たくさん元気はもらったけど、その分、寂しさも膨れ上がっている。

殿下も同じ気持ちでいてくれるのだろうか。

そう思うと嬉しい反面、少しでも早く目的を達成して、殿下の元へ戻りたいという気持ちが強くなる。

「何事もなければすぐに戻れる。ただの風邪であることを期待するんだな」

「そうだね」

早く帰りたいという気持ちを除いても、街に広がっているのがただの感染症であってほしい。

誰かの悪意が広がっていたり、取り返しのつかない悲劇は起きてほしくない。

願わくば、私たちが心配し過ぎていると笑われてしまったほうが、ずっといいと思う。

ただ、なんとなく予感していた。

おそらく私だけじゃなくて、ネロ君やガルドさんたちも。

そんな簡単な、拍子抜けな結果では終わらないであろうことを。

私たちの周りには、嫌というほど人間の悪意や思惑が絡み合い、多くの無関係な人々を巻き込んでいるのだから。

◇◇◇

王都を出発して三日。

私たちは休憩も挟みつつ、ようやくルーレウトの街へと到着した。

聞いていた通り、外観からすでに王都に似ているし、周囲の環境も中々近いところがある。

私は街の外観を見ながら、ぼそりと感想を呟く。

「規模の小さい王都みたい」

「実際その通りですよ。ここは王都をモデルにして発展した街の一つです」

そう教えてくれたのはレストさんだった。

王都は人々が生活しやすいような工夫がいくつもされている街で、王都の後に発展した街の多くは、王都での成功例をモデルにしている。

そういう街がいくつもあり、ルーレウトは環境が王都に近いこともあり、建物や街全体の造りも似せているらしい。

人々の間では、もう一つの王都と呼ばれているとか。

「手続きを済ませてきますので、皆さんここでお待ちください」

「おう、手早くな」

「……本来は隊長である貴方の仕事ですけどね」

「そんな顔するなって！　そういう細かい作業は苦手なんだよ」

「はぁ……まったく」

レストさんは呆れながら、街の入り口を警備している騎士に話しかけている。私たちは街に入るための準備を先に済ませる。

馬車の荷台には、木箱がいくつも重なって詰まれている。

ガルドさんは荷台を覗き込みながら言う。

「結構荷物多めだな。ほとんど素材か」

「はい。すみません」

「別にいいけどよ。素材くらい、原因がハッキリわかってから手配してもよかったんだぜ？」

「あんたは頭が雑ね。それを調べるために道具がいるかもってことでしょ」

「おう、なるほどな！　さっすがフレア。頼れる魔導具師は違うぜ」

「もう、調子いいんだから」

「あははは……」

広まっている病が、そもそも何の病なのかを調べる必要がある。病気なのか、それとも毒なのか、はたまた魔法的なものなのか。

その原因によって私にできることは大きく変化するはずだ。

私が考え事をしていると、イリスさんがため息をついていた。なんだか少し、普段よりも疲れているようで、顔色もよくない気がした。

「大丈夫ですか？　イリスさん」

「平気よ。ちょっと馬車に酔ったかもしれないだけ」

「珍しいっすね。馬車酔いしてるとこなんて見たことないっすよ」

「あんたのいびきがうるさくて夜寝られなかったせいかもね」

「オ、オイラのせいっすか！　ていうかオイラってそんないびきうるさいんすか？」

ダンさんが慌てて私にも確認するように視線を向けて、私は逃げるように目を逸らした。実際かなりうるさかったけど、ちょっぴり言いづらい。

「そういう時はハッキリ言ってやるほうが本人のためだぞ」

と、ネロ君が私に言う。

聞こえていたダンさんは頭を抱えて嘆く。

「やっぱりうるさかったんすか！　なんで誰も教えてくれないんすか！」

「あんただけじゃないのよ。もっとうるさい奴がいるから」

「え？　誰っす……ああ……」

イリスさんの視線と私の視線、それからネロ君の視線が一か所に集まり、ダンさんも悟って納得したらしい。

「ん？　なんだよ？　俺の顔になんかついてるか？」

「……なんでもないわ」

「なんでもないっす」

「ん⁇」

「よ、よく眠れることはいいことですよね」

「周りの睡眠を妨害しなければな」

今度いびきの音を抑制する魔導具でも作ってあげたほうがいいかもしれない。イリスさんのためにも。

そんなことを考えていると、手続きを終えたレストさんが戻ってきて、私たちは馬車を進ませてルーレウトの中に入る。

街中は本当に王都とそっくりで、まるで帰ってきたような安心感がある。

もっとも、人通りは比べるまでもなく少なかった。

「元からこのくらい少ないのでしょうか」

「いや、前に来た時はもっと多かったぜ？　なぁ、レスト」

「ええ」

レストさんはメガネをくいっと持ち上げ、周囲を見回しながら説明する。

「我々が以前に訪れたのは、殿下の視察に同行した時でした。確か三か月ほど前のことです。その時には今の何倍も人通りは多かったはずです」

「三か月……」

カラリスさんの話だと、街に異変が起き始めたのは二か月前のことだった。ガルドさんたちが訪れた三か月前の時点では何もなかったということは、その後一か月以内に何かがあったのか。

それとも表に出ていなかっただけで、予兆はあったのか。

パッと見るだけでは原因もわからない。

私たちの馬車は街を警備している騎士団の駐屯地へと向かい、そこで荷物を降ろす。

ガルドさんたちが入り口を警備していた街の騎士たちと話している。

「お疲れ様です。御足労感謝いたします」

「いいってことよ。それより、状況のほうはどうなんだ？　何か変わったことはないか？」

「はい。実は騎士たちの中でも、例の病気が広まっているようでして……」

「症状は？」

　レストさんが尋ねると、その騎士はガルドさんたちを医務室に案内した。私もそれに同行することにする。

　医務室に行くと、ずらっとベッドが並んでいて、全て使用者で埋まっている。

「症状は風邪と似ています。今のところ命に関わるような重篤な患者はいませんが、高熱が続いている者たちがここに」

「結構多いな。十二、十三人か」

「はい。他に軽微な症状のものが多く、騎士団の半数が感染してしまった可能性が高いです」

「半数もですか。中々感染力が強いようですね」

　ガルドさんたちと騎士が話している横で、私とネロ君は高熱にうなされベッドで横になっている騎士に近づく。

　それを見た騎士が目を細め、疑うように私たちを見る。彼はレストさんに尋ねる。

「失礼ですが、あの二人は？」

「新しく親衛隊に入った魔導具師のフレアさん、その助手のネロさんですよ」

「魔導具師の方でしたか」

「腕は超一流だぜ。殿下も信頼している。風邪や病気じゃないんなら、あいつらに見てもらったほうが手っ取り早いかもな」

　ガルドさんたちが話している声を聞きながら、私とネロ君で患者さんの状態を確認する。

　高熱による発汗、呼吸は落ち着いていて、脈もそこまで乱れていない。症状だけなら風邪の少し重たいような状態か。

見た目や症状からわかることはこの程度だ。

「どう？　ネロ君」

「……僅かだが魔力の痕跡がある」

「――！　じゃあまさか、また毒を？」

「……」

ネロ君はいつになく難しい表情をしていた。考えている、というより……少し怒っている？

私はネロ君を見ながら首を傾げる。

「ネロ君？」

「……毒ではない。これは……呪いだ」

「え……」

思わぬ一言を耳にして、私は一瞬だけ思考が固まる。身体もピタッと止まって、脳裏に殿下の表情が浮かんでいた。

呪い……殿下の身体を蝕《むしば》んでいた。今も蝕み続けている悪しき魔法の一種。

私はごくりと息を飲む。この街で広がっている症状が呪いによるものだとしたら、殿下を呪った者たちと関係しているかもしれない、と。

殿下に呪いをかけたのはカイン様だったけど、彼一人ではなかった。

複数の人物が殿下に呪いをかけていて、一番近くにいたカイン様が呪いの進行を早め、効果を強化していたにすぎない。

「もしかして……この街に」

いるのだろうか。殿下を呪った犯人が。

私は震える。恐怖ではなく、歓喜というわけでもなく、ただただ運命というものの強さを実感した。

「まだ確信はもてない。他の者も見てみよう」

「うん」

ネロ君と一緒に一人ずつ、苦しんでいる騎士たちの症状を確認して行く。

高熱は同じ、ほとんど風邪にしか見えない症状ばかりだけど、ネロ君が呪いという単語を口にしたことで、私の視点も変わってくる。

「ネロ君！　これ……」

腕をまくり、少し服をはだけさせて、身体に変化がないかどうかを確認して行くと。

「……やはりか」

騎士の一人に、黒い模様が胸あたりに浮かび上がっているものがいた。その模様は形こそ違っているけど、殿下の身体に浮かび上がっているものに似ている。

普通の風邪に、このような模様が浮かび上がる症状などない。

模様を見たことで、疑念は確信へと変わる。

「この街で、呪いが広まっている？」

「そのようだな。しかも少々厄介だ」

ネロ君は難しい顔をしながら、ベッドで横になっている騎士の模様に触れる。

「どういうこと？」

「呪いが一つではない」

「一つじゃない？　複数人からかけられた呪いだっていうの？」

「いいや、そうじゃない。呪いをかけた人数が多いのではなく、呪いそのものが別だ。見ろ、他の者たちを」

私とネロ君は改めて、ベッドで眠っている人たちの身体を確認して行く。

黒い模様が浮かび上がっているのは、最初に見つけた一人だけで、他の人たちにはなかった。

「症状は変わらないのに、模様は浮かび上がっていない。呪いの進行そのものに個人差はあるが、同一の呪いなら、症状も同じになる」

「これだけ高熱が続いているのに、一人だけしか模様が出ていないのは……」

「そう、不自然だ」

「言われてみれば……」

確かにネロ君の言う通りだった。

呪いが進行しているなら、他の人たちの身体にも模様が浮かび上がっているはず。一人目の模様も、胸全体に広がるほど進行していた。

熱などの症状に差はない。多少呪いの進行に差があっても、一人だけあからさまに呪いの模様が浮かび上がるのは不自然。

　ネロ君は続けて説明する。

「呪いは魔力の痕跡が残りやすい。見る限り、この者たちには呪いをかけられた痕跡が複数ある」

「アクリスタみたいに、魔法で毒を作って呪いと合わせて使っているとかは？」

「ないな。単なる魔法と、呪いの魔力は感じ方が大きく違う。感覚の問題だが、ボクが呪いの痕跡を見逃すことはない」

　ネロ君は強くハッキリと言い切った。

　彼ほど呪いについて精通している魔法使いはいないだろう。かつてその身を蝕み、解放されるために自らをゴーレムとした大魔法使い。

　苦い経験が、現代でも活かされていると思うと少々皮肉ではある。

「ネロ君。ガルドさんたちにも」

「……そうだな。彼らにも共有しておいたほうがいい。幸いまだ、ここの人間たちが呪いで死ぬことはないだろう」

「うん。でも……」

「わかっている。だが対応するのは明日からにしておけ。でないとお前が倒れるぞ」

「……うん」

　本当は今すぐにでも彼らを楽にしてあげたい。

そのための準備も、魔導具を作る時間も必要で、心苦しさを感じながら私たちは医務室を後にした。

私たちは会議室を借りて、親衛隊だけで一度話し合いをすることにした。

呪いが関係しているのであれば、殿下が抱える事情にも通じる。事情を知っているのは、ここにいる面々だけだ。

ネロ君が呪いについて全員に説明する。

「マジかよ！」

「事実なのですか？　ネロさん」

「間違いない。ボクが呪いを見間違えることなどないからな」

驚くガルドさんとレストさんにハッキリと言い放ち、ネロ君はイリスさんに視線を向け、彼女もネロ君の視線に気づく。

「イリス、この街に入ってから体調が優れないだろう？」

「ええ、ちょっとだけ気分が悪いわ」

「――――！　もしかして、イリスさんも呪いにかかっちゃったんすか！」

ダンさんの一言に、その場の全員が驚愕する。

私にも嫌な予感が過る。だけど、ネロ君が首を横に振って否定する。

「安心しろ。呪いというのは、受けるのにも発動にも条件が必須となる。仮にこの街への侵入が呪いの条件だとすれば、彼女だけに症状が現れるのはおかしい」

「じゃあ平気なんすね。よかったっす」

ダンさんはホッと胸をなでおろしている。私を含めて他の面々も同じような仕草をする。

イリスさん自身が一番安堵していることだろう。

彼女は胸に手を当てて小さく呼吸をして、ネロ君に尋ねる。

「じゃあこの気分の悪さは？　どうして私だけが感じているの？」

「それは、お前が魔法使いだからだ」

「魔法……呪いの魔力？」

「そうだ。魔法使いは日ごろから魔力に触れている。その関係で、普通の人間よりも魔力に対して敏感に反応してしまう。この街に漂う呪いの気配を、お前は無意識に感じ取っているのだろうな」

「そういうことなのね……じゃあ彼女は？」

イリスさんの視線が私に向けられる。

私は魔導具師だ。魔導具師になるためには複数の才能が必要になる。一つは魔法を扱う才能。もう一つは魔法を付与する才能。

魔力そのものを体外に放出し、魔力をインクのように扱って道具に付与することで、魔導具を作成することができる。

当然ながら、魔法に関する最低限以上の知識も必要不可欠だ。

魔法に携わる人間が呪いの気配を感じ取れるなら、私にも同様のことが起こるはずだと、イリスさんは考えた。

「フレアは例外だ」

「例外？　それは特別という意味で？」

「……いや、単に魔力知覚が鈍い。他の才能が秀でている代償に、それ以外の面を犠牲にしている人間は偶《たま》にいる。魔導具師はその典型だ」

あまり知られていないことだけど、私たち魔導具師は、魔法は扱えるけど、魔法使いのように行使できない人が多い。

というのも、ネロ君が言っていた話が関係していて、私たちは魔法を使えるだけで、使いこなすために必要な才能が欠けている。

魔法を巧みに操るには、魔力を完璧にコントロールする力が不可欠であり、魔法使いなら鍛錬で誰もが向上させられる。

しかし私たち魔導具師は、魔力を体外でコントロールする才能はあっても、体内で扱う才能は乏しかった。

世の中上手くバランスが取れているもので、私たち魔導具師は魔法使いには向かない。私もその点は同じだった。

「栓を開けて水を出し、その水で絵を描くことにはたけていても、溜まっている水に触れることはできない。それが魔導具師だ」

「なるほど、そういう短所もあったのね」

「意外っすね。魔導具師って魔法使いの中でも特に才能ある人がなると思ってたっす」

「世間の認識はそうなのでしょうね。一応、私は知っていましたが」

「へぇ、つってもフレアなら、その辺も普通と違うんじゃねーかと思ったけどな」

「違うぞ」

　ガルドさんの発言にネロ君が答えると、みんなの視線がネロ君に集まる。私は何を言われるのか予想ができるので、彼らとは反対側にそっぽを向いた。

　ガルドさんが目を輝かせて尋ねる。

「やっぱ違うのか！」

「ああ、違う。フレアは普通の魔導具師の何倍も……鈍感だ」

「……え？　そっち？」

　キョトンとしたガルドさんがこちらに視線を向けている。無視もできない私は、頭に手を当てながら笑って答える。

「あ、あはははは……そうらしいです」

「長所がとびぬけている分、短所も磨かれちゃったわけね。フレアらしいわ」

「お恥ずかしながらそうみたいです」

　私もネロ君に指摘されるまでまったく知らなかった。

　どうやら私は、他の魔導具師たちと比較しても、魔法や魔力を探知する能力が欠如しているらしい。

「もっとも、それを補うだけの才能がある。特段問題はないがな」

「やっぱ才能ある人ってどこかぶっとんでるんすね」

「そうかぁ、フレアって鈍感野郎だったんだな！」

「言い方を考えてください。女性に野郎は失礼ですよ」

呪いの話で重たい空気になっていた部屋が、一瞬で普段通りの和やかな空気になった。

ネロ君が優しく笑っている。

もしかすると彼なりに、この重苦しい空気を紛らわせようとしてくれたのかもしれない。そのために私の恥ずかしい秘密がばらされたのは、ちょっぴり複雑だけど。

「んじゃ、明日から呪いについて調査するか？」

「闇雲に探しても見つからないでしょう。まずはこの街の領主に話を聞くのが優先かと」

「おう、そうだな。あのおっさんなら話が早そうだ」

「領主をおっさん呼びはやめてください。まったく……」

レストさんはやれやれと首を振っている。

口ぶりからして、ガルドさんたちはこの街の領主様とも顔見知りのようだ。聞く限り関係性も悪くなさそうではある。

情報交換を済ませ、今後の方針については明日の領主との話し合いの後で決める、ということで、今夜は休むことにした。

◇◇◇

翌日の朝。

私たちは全員でこの街の領主の屋敷へと足を運んだ。領主の屋敷は街の中心にあり、わかりやすく土地が高くなっている。

ちょうど王都にある王城の位置関係に似ている。そういう部分も王都に似せているらしい。

さすが、もう一つの王都と呼ばれているだけはあるなと感心した。

私は屋敷に向かう道中、ガルドさんたちに領主のことを尋ねる。

「皆さん、この街の領主様とは顔見知りなんですか？」

「おう。何度か来てるし、あのおっさんは王都にも屋敷があるからな」

「殿下や我々とも友好的な関係を築いている方です。保守派の貴族たちの中でも、特に殿下を支持してくださっていますね」

「保守派？」

聞き慣れない言葉だったので、私は声に出して反応した。すると、レストさんがメガネを持ち上げて、私に尋ねてくる。

「聞いたことありませんか？」

「はい」

「では軽く説明しておきましょう。屋敷まで少し時間がありますので」

「お願いします」

レストさんはおほんと意識的に咳ばらいを一回して、私の隣を歩きながら説明を始める。

「王国に属する貴族は、その思想から二つの派閥に分かれています。それが保守派と、改革派の二つです」

「保守派……改革派……初めて聞きます」

「珍しいですね。宮廷で働いていれば、一度くらいは耳にする機会もあるかと思いますが……」

「す、すみません」

「責めているわけではありませんよ。それだけ仕事に集中していたということでしょう」

レストさんは優しくフォローしてくれる。

実際は集中していたというより、仕事が忙しくて他人との関わりが極端に少なかった。加えて私はロースター家の中でもある意味特別だった。

私の母は平民で、当主だった父とは一夜の関係であり、本来ならロースター家に迎え入れられることもなかった。

ロースター家の中で孤立していた私には、そういう事情も教えられなかったのだろう。ロースター家はどっちなのか、今となっては興味もない。

私はレストさんの話に意識を戻す。

「多くの貴族は保守派、つまり今の王政を支持している側についています。これからお会いするニューベルト公爵もそのうちの一人です」

　バイエル・ニューベルト公爵。このルーレウトの街を含む近隣の領地を治めている貴族であり、元は王都を中心に活動する貴族の家系だった。

　王族との関係も良好で、国王や殿下から信頼もされており、王都の貴族でありながら、各地に領地を所持している。

　貴族の中でも王族に準じる権力、地位を持つ貴族らしい。

　そんなすごい人にこれから会うのかと思うと、嫌でも緊張してしまう。

「失礼のないようにしないといけないですね」

「……その点は心配いりませんよ。あの方は寛大です。うちのお馬鹿な隊長を、快く受け入れてくれていますから」

「誰が馬鹿だ！　あのおっさんが堅苦しいのは苦手って言ったんだぜ？」

「あれは貴方に合わせてくれたんですよ」

「え？　そうだったのか⁉」

「気づいていなかったんですか……」

　レストさんは大きくため息をこぼす。

　ガルドさんは豪快でマイペースな性格で、殿下の前でも大きな態度を取ったりしている。似たような態度を許しているみたいだし、私が考えるより厳しい人ではなさそうだ。

　緊張が少しだけほぐれる。

「レストさん、改革派というのは？」

「その逆、今の王政に反対している者たちですよ」

「それって、国王をなくそう、みたいな考え方の人たちですか？」

「表向きはそうですね。王が人々の行く末を決めるのではなく、人々の意思、すなわち民意で決めるべき、という考え方です」

私は心の中で、そういう考え方も悪くない気がする、と思った。

けれど隣で話を聞いていたネロ君が、私の心を見透かしたように意見する。

「表向きの綺麗事だな。実際は、自らが権力を握りたいという連中だろう？」

「正解です」

「そ、そうなんですか？」

「……ええ」

レストさんはため息をこぼし、難しい表情で続ける。

「殿下を含め、王族の方々は地位に関係なく能力のある人間を高く評価し、平民であれ国に大きな貢献をした者には手厚い報酬をお与えになります。国を造るのは民であり、彼らの力なくして国の発展はないと考えておられるのです」

「素敵な考え方ですね」

「ええ、私もそう思います。ですがそれは、一部の貴族にとっては不評なのですよ。自分たちが権力を握れず、優遇されないことに腹を立てているのです」

「……ふっ、まるで子供だな。重要なのは立場ではなく、何を為したかだというのに」

ネロ君は話を聞きながら呆れてため息をこぼしている。

彼は小声で、いつの時代も卑しい人間は変わらないな、と呟いていた。彼が生きていた時代にも、似たようなことがあったのだろう。

「フレアさん、貴方が以前婚約していたカイン氏も、この改革派の人間でした。表向きは保守派を名乗っていましたが」

「……そう、だったんですね」

「すみません。嫌なことを思い出させましたね」

「いえ、大丈夫です。もう終わったことですから」

カイン様のことは、今でも時々思い出すことがある。

短い時間ではあったけど、私はあの人と婚約者の関係だった。けれど婚約は破棄され、結果的にロースター家との関係性もなくなり、私は自由になった。

今いる場所は気に入っているし、これまでのことも後悔はしていない。ただ一点、もっと早くカイン様の正体に気付けていたら、殿下が苦しむことはなかったのに……と、思う時がある。

「この街で呪いを広めているのも、改革派の貴族なのでしょうか」

「まだわかりません。この地を納めている領主は保守派の筆頭なので、可能性があるとすれば外から招かれた何者かが……と考えています」

「何のためにそんなことを……ここは王都からも遠いですし、この地の人々に呪いをかけても意味なんて」

「いえ、意味ならあります。ここは殿下の管轄の街です。殿下のやり方や思想は、特に改革派からは嫌悪の対象になっていますので」

ユリウス殿下は王族でありながら、地位や権力に縛られない考え方、行動をしている。私を親衛隊に誘ってくれたのもその一つだ。

殿下が目指している王族の在り方は、地位や権力を何より大切にする貴族にとっては相いれないものだろう。

殿下が管理する街を苦しめることで、結果的に殿下を苦しめ、人々の殿下に対する信頼を崩そうとしている?

そうだとしてもやり方が回りくどい。

相手は殿下に直接呪いをかけるような大胆なことをしていた。そんな人間が、わざわざ遠回しなことをするだろうか。

何だろう?

私たちは何か見落としている気がする。見落とし……というより、気づいていないような。

「着いたようだぞ」

ネロ君が私に教えてくれた。

いつの間にか私たちは、大きな領主の屋敷前にたどり着いていた。王城と比較すれば小さいけれど、貴族の屋敷としてはかなり広く、豪華だ。

さすが、王族に次ぐ権力を持つ家系。

門番に話を通し、私たちは敷地の中へを足を踏み入れる。歩きながらネロ君は周囲を警戒していた。

「ネロ君？」

「いや、今のところ呪いの気配に変化はない。ここが中心というわけでもなさそうだ」

「じゃあ領主さんは無関係？」

「それはまだわからない。会って確かめたほうが早いだろう。もしも呪いを操る魔法使いなら、ボクの眼はごまかせない」

ネロ君は鋭い目つきで屋敷を睨んでいる。

呪いのことになると、ネロ君は特に感情的になってしまう。かつて自分を苦しめた力であり、魔法の中でも忌むべき力だから。

私も少し警戒しつつ、使用人の方に案内されて屋敷内へと入った。

案内された応接室のような場所で、領主が来るのを待つ。しばらくして、扉が開いた。

「ようこそ親衛隊の皆さん、お待たせしました」

「久しぶりだな！　バイエルのおっさん」

「ええ、久しぶりですね。ガルド君は相変わらずのようで」

現れたのは四十代くらいの男性だった。

にこやかで、体型は普通よりちょっぴり痩せていて、背はガルドさんより低く、レストさんよりは高い。

　第一印象は穏やかで優しそうな人だった。

「申し訳ありません、ニューベルト公爵様。彼にはもう少し礼儀を弁《わきま》えるように言っているのですが……」

「ははっ、気にしないでください。私もこのくらいのほうが気兼ねなく話せるので楽です。レスト君も、もう少し肩の力を抜いたらどうですか？」

「ほら、言われてるぞレスト」

　ガルドさんは自分の味方がいて嬉しいのか、ニヤニヤしながらレストさんの肩をつついている。

　レストさんは呆れてため息をこぼす。

「公爵様、あまりうちの馬鹿を甘やかさないでください」

「ははっ、それは失礼しました」

「……馬鹿という部分を否定しなかったな」

「そうだね」

　ネロ君は私が内心思っていたことを代わりに口に出した。私が苦笑いをしていると、領主様と目が合う。

「おや？　新しい方ですか？」

「あ、はい！　フレア・ロースターです。よろしくお願いします」

「フレア……ああ！　新しく魔導具師が親衛隊入りしたと伺いましたが、貴女のことだったのですね。お噂は聞いております。とても素晴らしい魔導具師だと」

「そ、そんなことはありません」

「ご謙遜なさらず。殿下に認められるなど、誰でもできることではありませんよ」

　領主様はニコリと微笑む。とても優しくて温かな笑顔で、聞いているとホッとする。この人が呪いに関係しているとは、正直思えない。

　隣のネロ君は、まだ少し険しい表情をしていた。

「ネロ君？」

　ネロ君とアイコンタクトをする。今のところは何もない、と彼の視線が言っている。

　領主様は私たちの対面に腰を下ろすと、改まって話を始めた。

「皆様が来られた理由はわかっております。街で広がっている病について、ですね」

「はい。その件で調査に伺いました。公爵様にも協力していただきたいと考えておりますが、いかがでしょうか？」

　レストさんが尋ねると、領主様はもちろんだと答え、続ける。

「本来ならば私が解決しなければならない領地の問題です。殿下や皆様のお手を煩《わずら》わせてしまっていること、まことに申し訳なく思います」

「落ち込むなよ、おっさん。こいつは普通の病気じゃねぇ。呪いってやつらしいからな」

「――呪い？」

　領主様はピクリと反応し、酷く驚いた表情を見せる。

レストさんは昨日の話し合いでわかったことを、簡単に領主様にも説明した。呪いについての補足は私が担当して。

「なんと……呪いだったのですね。気づかないとは何と間抜けな。この地を預かる領主として、お恥ずかしい限りです」

「だから落ち込むなって。普通はわかんねーよ。な、フレア」

「あ、はい。呪いは症状として現れるまで、身体の奥深くに隠れています。ですから優れた魔法使いでも早期発見は困難です」

殿下のように、進行した呪いを隠して生活している場合は、より発見が遅れる。魔法使いでもない限り、他人の身体の……しかも眼には見えない魔力の違和感に気付くのは難しい。

仮に違和感を覚えたとしても、呪いだと断定できる情報がなければ、ただの違和感だったで済まされるだろう。

と、以前にネロ君が教えてくれたことを思い出す。

ネロ君は腕組みをして、領主様に堂々と言う。

「呪いは時代を超えて進化している。より狡猾《こうかつ》に、より陰湿にな。魔法使いであっても、その存在を感知できなくなっている」

「貴方は？」

「ボクは彼女の助手だ」

「助手……まだ幼いのに凄いですね」

「そんなことはどうでもいい。この地で大規模に呪いが広まっている。短くとも二か月以内にだ。何か情報はないか？」

「ちょっ、ネロ君！」

　領主様に対して不遜《ふそん》な態度をとっている。それ以前に、私たち以外がいるときは、年相応のあどけないふりをしていたのに。

　なぜか今はいつも通りの態度だったのが気になった。

「構いませんよ。子供なのにしっかりしている証拠です」

「す、すみません……」

　領主様が寛大な人でよかったと、心からホッとする。

　そのまま領主様は顎に手を当て、ネロ君の質問に答えようと考えている。数秒うーんと唸《うな》ってから、領主様は口を開く。

「申し訳ない。特にこれといって大きな変化はなかったと思います」

「改革派の貴族が出入りした形跡は？」

　レストさんが尋ねると、領主様は首を横に振って否定する。

「ありませんね。少なくともこの二か月であれば、この地に私以外の貴族は来ていないはずです」

「となると、正規の方法以外で侵入している可能性が高そうですね」

「皆さんは今回の一件、改革派が絡んでいるとお考えで？」

「私はそう思っています。ここは殿下の管轄です。彼らが狙う意味はあります」
「なるほど。同じ貴族としてあまり考えたくありませんが……」

領主様は難しい表情を見せる。

私もレストさんと同じ意見だった。呪いは魔法の中でも異端であり、誰でも簡単に扱えるような力ではない。

知識、修練、準備が必要不可欠であり、ここまで気づかれることなく広めるのは簡単なことじゃなかったはずだ。

少なくとも一人や二人の仕業ではないだろう。

貴族のようにお金や権力で人を動かせる人間……あるいは別の、貴族ではない組織が関係している可能性が高い。

「それを調査するために、俺たちはここに来たんだぜ」
「ありがとうございます。私も可能な限り支援させていただきます。必要なものがございましたら、何なりとおっしゃってください」
「助かるぜ！　さっすがバイエルのおっさん」
「いえ、この地はユリウス殿下に任せていただいた土地です。少しでもお役に立てるのなら、それ以上の喜びはありませんよ」

領主様はニコリと微笑む。

殿下を支持する保守派の筆頭貴族。彼はやっぱり、今回の呪いとは無関係だと思った。少なくとも、この時までは。

◇◇◇

「そんじゃ一旦、街で聞き込みでもするか」

「そうですね。街の人たちから話を聞きましょう。二人一組に分かれて、聞き込みをします。私は隊長が粗相をしないか見張ります」

「じゃあ私は、ダンが悪さしないか見ておくわ」

「おい」

「オイラたちを子供扱いしないでほしいっすね！」

　ムスッとする二人は、私から見ても子供っぽかった。

　自然と組み合わせは決まり、必然的に私とネロ君はセットで行動することになる。領主様の屋敷を出てから、ネロ君はずっと難しい顔をしていた。

「大丈夫？　ネロ君」

「……あの領主、少なくとも魔法使いではない。呪いをかけている本人ではなさそうだ」

「じゃあやっぱり領主様は無関係で、誰か別の人が街に呪いをバラまいているってことだね」

「……本当にそうか？」

「え？」

ネロ君は立ち止まり、前後左右をゆっくりと見回す。

「これだけ大規模に、しかも複数人に呪いをかけている。しかも気づかれることなく……そんなことが、外から来た人間に可能か？」

「それは……」

　ネロ君の言う通り、難しいとは思う。

　殿下の時のように一人にだけ呪いをかけるわけではなく、街の人たちに呪いをかけている。規模が明らかに異なる。

　少なくとも一般人やその辺の小悪党にできることじゃないのは確かだ。

「ボクはあの領主、どうにも信用できない」

「でも、あの人は殿下のことを支持してくれているんでしょ？　ガルドさんたちも信頼しているみたいだったし」

「だからこそだ。信頼を獲得しているなら、彼らの眼を欺《あざむ》くことはたやすい。お前はもう少し、他人を疑うようにしたほうがいい」

「ネロ君……」

　逆にネロ君は疑い過ぎじゃないか、とはとても言えなかった。

　ネロ君の過去を考えれば、誰よりも疑心暗鬼になるのは当然で、怪しいと思った相手を疑うのも当たり前のことだ。

「でも、もし領主様が関係しているとして、どうやって呪いを広めたのかな？　呪いを広めている人は別にいるってことだよね？」

「そうなるな。少なくとも実行しているのは別人だ。そしてここまで大規模に広めているとなると……」

ネロ君は難しい表情で考えながら辺りを見回し、視線が一か所で止まった。彼の視線の先にあったのは、街の治療院。

「――！　もしかして……」

「その可能性が高い。呪いをかけるのに一番早いのは、対象に触れることだからな。触れる機会が一番多く、尚且つ自然なのは――」

お医者さんだ。

嫌な気づきで背筋に寒気が走る。病気を治すためにいるお医者さんが、もしも呪いを広めているのだとしたら……。

私たちは確かめるべく、治療院に足を運んだ。

受付の人に王都から来た親衛隊であることを伝え、治療を担当しているお医者さんの男性に話を聞くことにした。

治療室で待つ男性と、私たちは対面する。お医者さんは若い男性だった。

「親衛隊の方がどうしてこちらに？」

「街で広まっている呪い、感染症について調査に来たんです。少しお話を聞かせていただけませんか？」

「ええ、もちろんです。私たちも苦労していますから。毎日患者の数が増える一方で」

「――茶番はやめろ」

私とお医者さんの会話を遮《さえぎ》り、ネロ君の冷たい声が鋭く刺さる。私の隣で、ネロ君はお医者さんのことを睨《にら》んでいた。

「上手く隠しているが、ボクの眼はごまかせない。お前から……呪いの気配がするぞ」

「え？」

「――チッ」

刹那、お医者さんだと思っていたその男性は目の色を変え、怖い表情で私に手を伸ばしてくる。

明らかな敵意、殺気を私たちに向ける。

しかし、その手が私に届くことはなく、ギリギリでネロ君が彼の半身を凍結させた。

「くっ……こ、これは……」

「その程度の動きがボクに見切れないはずがないだろう？」

「あ、ありがとうネロ君。じゃあこの人が……」

「呪いを広めている犯人、少なくともその一人というところか？」

男は必死に氷を破壊しようとするが、暴れるほどに凍結はみるみる全身を覆い、気づけば首から下は完全に固まってしまっていた。

「答えろ。お前一人でここまで呪いを広めたわけではないだろう？　仲間がいるな？」

「……なんのことか？」

「惚《とぼ》けるな。お前から感じられる呪いの気配は弱い。この程度の力で、この規模の呪いを発生させることはできない」

「……」

「答える気がないか。ならば直接聞くとしよう」

「なっ、やめ――」

　ネロ君は男の頭に触れて、思考を読み取る魔法を使おうとしたのだろう。焦る男は抵抗する。

私は最初、覗かれたくないからだと思った。

「――！　伏せろフレア！」

「え？」

　直後、男の身体は大爆発を起こした。

　バラバラに肉体ははじけ飛び、治療室が半壊するほどの威力。近くにいた私は一たまりもないが、そこはネロ君に助けられた。

　ギリギリのところで魔法の結界を張り、私を守ってくれた。

「無事か？」

「う、うん。あ、ありがとうネロ君……あの人は！」

「見るまでもない。木っ端みじんだ」

　捕らえていた男性は、肉片すら残らないほど細かくはじけ飛んでしまっていた。現場には大量の血が水たまりを作っている。

ネロ君が守ってくれたおかげで、周囲の人や治療院にいた人も無事みたいだ。

私たちに怪我はない。それでも、ホッとできるはずなのに、目の前でバラバラになった人のことを思い返すと、ゾッとする。

少し怯《おび》えながら、地面に転がっている金属に気付く。

「ネロ君、あれは？」

「ん？」

ネロ君が落ちていたものを拾い上げ、手元で回しながら観察する。

半分血がついているそれは、ペンダントのようなものだった。鉄製の円盤で、特徴的な文様が描かれている。

自らの尾に噛みつく蛇を、無数の刃で串刺しにしている。なんだかよくわからないけど、この模様に恐怖を感じた。


この時の私は気付かなかった。

私たちは、王国に潜む闇と関わってしまったことに。

第三章　ラプラスの罪

親衛隊とネロ君で、一つのテーブルを挟んで椅子に座る。

全員がちょっぴり暗く、重たい雰囲気の中で会話が進んでいた。

「この文様は、ラプラスのものですね」

「ラプラス？」

「はい。いくつか存在する国際犯罪組織の一つで、近年勢力を増している組織です」

親衛隊のみんなと合流して、私とネロ君は治療院で起こったことを話し、そこで拾った文様入りのペンダントを共有した。

すると、文様を見たレストさんがすぐに名前を教えてくれた。みんなの反応を見る限り、どうやら有名な組織のようだ。

レストさんは説明を続ける。

「ラプラスは十数年前から活動する犯罪組織です。特にここ二、三年で大きく勢力を伸ばしています。規模は犯罪組織の中でもトップクラスであり、その中でも国家転覆が可能な兵力を持っているとも」

「こ、国家転覆!?」

そんな恐ろしい組織の人間が、私たちが暮らす国で活動しているというの？

思わずゾッとした。

以前に話題にあがったアファリスという犯罪組織より、明らかに規模が異なる。

ネロ君のおかげで呪いをバラまいている犯人の一人を見つけることができて、確保こそできなかったけど大きな手掛かりを得た。

これでルーレウトの事件も無事に解決へ進むだろう。

内心ではそう思い、安堵していたからこそ、ラプラスの存在は私の心を揺さぶった。

「ラプラスは窃盗、殺人、誘拐などもしますが、極めて悪質かつ陰湿な方法で都市を壊滅に追い込み、自らの活動拠点にする事例も報告されています」

「なるほどな。今度はこの街をターゲットにしたというわけか。呪いをバラまき、住人を可能な限り間引いてから制圧するつもりだったか。あるいは……」

ネロ君は難しい表情で考え込んでいる。

あるいは……なんだろう。

私なりに考えてみる。彼らが意図的に呪いを広めているとして、この街で何をしようと企んでいるのか。

「資金集めも目的じゃないかな？」

「それもあるだろうな。呪いを広めて制圧するだけなら、もっと早く確実な方法がある。国家転覆ができる兵力を持っている組織なら尚更だ」

　ネロ君も私の意見に同意してくれた。

　レストさんもメガネをくいっと持ち上げ、私たちに続けて意見を口にする。

「街の医者に紛れたのも、体調不良の患者を増やすことで、意図的に資金を集めていたということですね」

「んじゃこの街の医者は全員グルか？」

　ガルドさんが少し怒った様子で問いかけると、レストさんは軽く首を横に振る。

「おそらくそれはありません。フレアさん」

「はい。治療院の人に聞きました。あのお医者さんに扮していた男性は、ちょうど二か月ほど前にこの街へ赴任してきたばかりだそうです」

「新参者ってことか」

「そうなりますね。ならば必然的に、同じように最近この街に訪れた人間は、ラプラスの構成員である可能性が極めて高いでしょう」

　レストさんがそう言うと、ガルドさんは立ち上がり、胸の前で拳をぶつける。

「よっしゃ！　今すぐ治療院を探して回るぞ！」

「この時間ではどこも閉院していますよ」

「うっ、そうだった……」

「それに、やるなら一斉に、可能な限り短い期間で捜査を進めるべきです」

　構成員が一人見つかり、自滅したことは他のラプラス構成員にも伝わる。今回のように派手な爆発を繰り返せば、彼らは街の外へ逃げてしまう。

今回でもすでに、大きく目立った動きをしてしまったから、あまり時間をかけていると、知らぬ間に全員逃げられてしまう。

レストさんはそう説明をしながら、続けて提案する。

「領主様にも共有し、協力してもらうほうがいいでしょう。我々だけでは人手不足です」

「なんでだ？　治療院なんてそんな数もねーだろ」

「目標は治療院だけではありませんよ」

「え、そうなのか？」

「人に触れたり、間接的に関わる仕事ならもっとたくさんあります。例えば商店や飲食店なんかの接客関係も条件を満たしやすい。そうですよね？」

レストさんはネロ君に同意を求める。

ネロ君は腕を組んで難しい表情をしながらこくりと頷いた。

呪いを付与するためにもっとも確実で楽な方法は対象に触れること。しかし特定の条件を指定すれば、他の方法でも呪いをかけることはできる。

たとえば料理を食べさせる。同じ空間に一定時間滞在したり、発言に呪いを込めて、徐々に対象へしみ込ませたりなど。

呪いをかける方法はたくさんあり、自然に他人と関わる職業なら、その機会も多く方法も疑われにくいだろう。

最低でも商店や飲食店など、接客を含む職業の現場には、彼らの構成員が紛れ込んでいる可能性があると私たちは考えている。

　王都に比べれば小さいとはいえ、街の規模としては大きいほうだ。飲食店などの数も多く、その全てに手を回すことは、私たちだけでは不可能である。

「領主の手を借りれば、人手不足を補えます」

「ついでに今日の騒ぎを聞きつけて、夜に逃げる人間がいないか、警備を強化してもらえばいいわね」

「そうっすね。爆発も派手だったし、近くにいた構成員なら今晩中に逃げようとするはずっす」

「我々も警備に加わりましょう」

「よっしゃ！　んじゃさっそくおっさんのところへ行くぜ！」

　ガルドさんを先頭に、領主様の屋敷へと向かい部屋を出て行く。私も出て行こうとしたところで、一人考え込んでいるネロ君に気付く。

「ネロ君？」

「……なんでもない。用心して行くことだ」

「ん？　うん」

　呪いのことが関わると、ネロ君はいつになく真剣で少し怖い表情を見せるようになる。私も嫌な意味で緊張していた。

　国際犯罪組織ラプラス……呪いを操る者たちがいるのなら、殿下に呪いをかけた人間も、ラプラスと関わりがあるのかもしれない。

だとすれば、改革派の貴族の中にも、裏でラプラスと通じている人がいるんじゃないだろうか。

カイン様もその一人で、ラプラスから呪いのことを教えられたとしたら……。

私たちがこれから対処に向かうのは、この国の存亡に関わる一大事件なのかもしれない。そう感じて、気を引き締めた。

◇◇◇

「ラプラス⁉　彼らがこの街に潜んでいるというのですか？」

屋敷に到着して、私たちは領主様に事情を説明する。さすがにラプラスの存在は知っていたらしく、ひどく驚いていた。

夜分遅くに突然やって来た私たちを快く招き入れてくれた領主様だったけど、ラプラスの名前を聞くと焦り、険しい表情を見せる。

「間違いありません。この文様はラプラスのものです。街に呪いをバラまいていたのはラプラスの構成員です」

「なんと……私が気づかぬ間に、恐ろしい組織が入り込んでいたなんて……」

領主様は私とネロ君に視線を向け、改まって頭を下げる。

「お二人とも、見つけていただき感謝いたします」

「い、いえ、私は何もしていないので」

「捕らえることもできなかったしな。それに潜り込んでいる構成員は一人ではない」

「それでも、被害がこれ以上出る前に一つでも止められたのなら、それは大きな意味があります。領主として感謝します」

　領主様は深々と頭を下げている。本当に心から、街の人たちの安全を考えてくれている優しい領主様でホッとした。

　領主様は頭を上げて、真剣なまなざしでレストさんに言う。

「もちろん私も協力させていただきます。街にいる騎士たちに状況を伝達し、周辺の警備を強化しましょう」

「我々も今夜は警備に参加します」

「怪しい奴がいたら片っ端から捕まえればいいんだろ！　ちまちま探すよりそっちのほうが性に合ってるぜ」

「やり過ぎちゃダメよ？　また自爆するかもしれないんだから」

「恐ろしいっすよね。捕まったら自爆って」

「本人の意志ではない。そういう風に仕込まれている。おそらくは、あれも呪いの一種だ」

　ネロ君は軽く説明し、私に視線を向ける。

「フレア、ボクたちは警備には参加しない」

「え、どうして？」

「お前の役割はなんだ？　魔導具師だろう？」

「あ……そうだね」

　今ここで私がやるべきことは、ラプラスの構成員を捕まえることじゃない。私には戦うことはできないけど、この力で呪いに対処できる。

「ガルドさん、レストさん！　私は呪いを解呪する方法を探します」

「そのつもりでお願いしようと思っていました」

「おう！　そうしてくれ。ラプラスのほうは俺たちに任せろ。おいネロ、ちゃんとフレアを守ってやれよ」

「言われるまでもない」

「よーし！　そんじゃさっそく行動開始だ！　フレアとネロ以外は街の騎士と協力して包囲網を作るぞ！　レスト！」

「わかっていますよ。配置はこちらで決めておきます」

　それぞれの役割が決まったことで、私たちは行動を開始する。

　ガルドさんたちは屋敷に残り、私とネロ君は宿泊している部屋に戻ることにした。あそこには王都から持ってきた魔導具用の素材がある。

　一旦素材をかき集めて、私たちは領主様の屋敷に戻る。

　領主様の屋敷は広く、倉庫には使えそうな素材もいくつかあるそうで、自由に使ってもいいという許可を貰った。

街の人たちを救うには、魔導具も数が必要になるだろうし、可能な限り広い部屋で作りたかったからちょうどいい。

私たちは素材を運び、屋敷で作業を開始する。

その頃にはちょうど日付が変わっていた。

作業開始からすぐ、私は手を止めて頭を動かすことになった。

「呪いを解呪するって、実際どうすればいいのかな」

「呪いの解呪は大きく二つ。呪いをかけた本人を見つけ出し、呪いを相手に返す。呪いの根源を絶つ方法だな。もう一つは呪いそのものを強引に剥がすことだが、これはオススメしない。無理に解呪しようとすれば、逆に進行を速めてしまう危険がある」

「じゃあ解呪には、犯人を見つけるしかないってこと？　それだと私たちにできることって……」

ガルドさんたちがラプラスの構成員を見つけ出し、捕えるのを待つしかないということになってしまう。

殿下と同じ症状の人もいるみたいだし、腕輪を量産して症状を抑えることくらいはできるけど、対処療法でしかない。

それに同じ症状の呪いだけではなく、複数種類の呪いが街には広まっている。

予測を立てるほどに、私にできることはないように思えてしまった。そんな私に、ネロ君は素材をテーブルに並べながら説明する。

「今回に限れば、呪いの中心は人間ではない」

「え？　どういうこと？」

「これだけ大規模、広範囲に呪いをかけている。実行役はただの枝葉だ。根本はおそらく別にあるだろう」

「それって、魔導具みたいに中心になっている装置があるってこと？」

「そういうことだ。装置かどうかはわからないがな。呪いは儀式的な意味合いが強い。祭壇……あるいは象徴がどこかにあるはずだ」

呪いも元をたどれば魔法の一種ではある。魔導具師である私が、仮に呪いも扱うことができたら、呪いを込めた魔導具も作り出せるだろう。

同じ要領で、呪いの根源を付与した何かを作り、それを街のどこかで隠している。ラプラスの構成員は、呪いを広げるための手足に過ぎない。

　ネロ君の予想が正しいとすれば、私たちの役目は一つだ。

「呪いの痕跡をたどればいいんだね？」

「そういうことだ。ボクでも呪いの気配には気づけても、正確な場所まではわからない。呪いの根源を見つける魔導具を作る。それから、呪いを封じ込める魔導具も必要だ」

「封じ込める？」

「そうだ。シンボルがあったとして、それを無暗に破壊すれば逆の呪いが拡散し、大惨事になる危険がある。呪いというのは複雑だ。シンボルの破壊が完全な発動条件だった場合の備えというわけだな」

条件を満たすことで完全発動するのが呪いという力。私は殿下の一件で、ネロ君は自分自身の肉体で経験している。

「急ぐぞ。ボクたちにバレたことを奴らが察すれば、強硬手段に出るかもしれない」

「うん！　朝までには作ろう！」

いつになく真剣に、少し焦りを感じながら作業を始める。

幸いなことに、これまでの経験で呪いに関する予備知識は十分にあり、加えてネロ君という大魔法使いも一緒にいてくれる。

私一人じゃ行き詰ってしまう作業も、ネロ君がサポートしてくれるおかげで何倍も速く、正確に作業が進む。

五時間後――

早朝になり、私たちは呪い探査用の魔導具と、呪いのシンボルを封印する魔導具を完成させた。探査のほうは腕に巻きつけるタイプで、封印の魔導具は対象に投げつけることで拡散し、封印の効果を発動させる。

時間がなくて数は作れなかったけど、ネロ君曰《いわ》くシンボルは一つだけだという。シンボルを複数設置すれば、呪い同士が競合を起こし、上手く発動しない。

根源たる呪いは一つだけで、条件を変えることで呪いの効果を変化させている。だから風邪のような症状から始まり、そこから症状が分岐する。

分岐する条件まではわからなかったけど。

「これで探せるね」

「ああ」

「どうするの？　ガルドさんたちにも話して協力してもらう？」

「いいや、彼らも今は街の警備で忙しい。ボクとお前だけで探して対処する」

「わ、わかった」

少し緊張するし、不安だった。その不安を感じ取ったのか、ネロ君がわざとらしく私の前に出て、振り返る。

「恐れるな。このボクが傍にいる。ボクの傍が一番安全だ」

「ネロ君……うん、ありがとう。頼りにしてる」

「お互い様だ。では行くぞ」

「うん！」

私はさっそく呪いを探知する魔導具を起動する。

起動すると音がなり、呪いの根源を探索し、近づくと点滅してその方向を示してくれる。急いで作ったから少し見づらいけど仕方がない。

私は魔導具の反応に目を凝らし、耳を澄ませる。

「ネロ君、これって……」

「やはりか。シンボルを置くなら街の中心、すなわち……ここだ」

魔導具が反応を示しているのは、今まさに私たちがいる屋敷だった。

「この屋敷の中にシンボルが？」

「そのようだな」

作りたての魔導具は今いる場所を示している。眼を疑いながら何度も見返しても、魔導具の反応は変わらなかった。

脳裏に過ったのは、領主様の顔だった。

あの優しくて温かな笑顔を見せる人が、ラプラスの構成員？

「そんな……」

「まだ断定はできないがな。とにかく屋敷の中を探す」

「う、うん！」

私は疑いながらネロ君と一緒に屋敷の中を駆けまわる。使用人の方々には不審な目で見られてしまったけど仕方がない。

もし領主様がラプラスに関わっているなら、使用人の方々もグルなのだろうか。それとも気づいていないのだろうか。

呪いのことよりも、領主様がこのことを知っているかが気になって気が気じゃなくなっていた。

そして屋敷をくまなく探すこと数十分。

「どこにもないよ？」

「……屋敷の中じゃないのか。だとすれば……」

ネロ君は足元に視線を向ける。

私が作った魔導具は、平面の距離は測れても、上下の深さまでは判断できない。屋敷の中にないとすれば、考えられるのは地下だけだ。

「探ってみよう」

ネロ君がしゃがみ込み、右手を床に触れて目を瞑る。

魔法の力で屋敷の地下の構造を確認するつもりなのだろう。もしも予想通り、この屋敷に地下があって、そこにシンボルがあるのなら……。

「やっぱり領主様は……」

「フレアさん、ネロさんも、どうされたのですか？」

「――！」

疑いを向けている主がひょこっと顔を出し、私たちの前に現れてしまった。

私は動揺し、逃げるように一歩下がる。

「使用人たちから聞きました。お二人が屋敷の中を走り回っていると。何かわかったのですか？」

「えっと……」

「――見つけたぞ」

ネロ君の声にピクリと反応して、私は彼に視線を向ける。ネロ君はゆっくりと立ち上がり、私に顔を向けて言う。

「この屋敷の地下に広い空間がある。おそらくそこにシンボルはあるだろう」

「……じゃあやっぱり……」

　私は疑いながら、領主様を睨むように見る。

　この屋敷の地下にシンボルがある時点で、領主様も無関係ではないと思ったから。でも、ネロ君は私の服の袖を掴んだ。

「いや、かなり深い。この屋敷からは通じていない」

「え？」

「屋敷の外から通じている」

「先ほどから何の話をされているのですか？　地下？　シンボルとは？」

　キョトンと首を傾げる領主様を見て、私は話してもいいか確かめるようにネロ君に視線を送り、ネロ君は小さく頷いた。

　ネロ君がそう言うなら大丈夫なのだろう。

「呪いを発生させているシンボルが、この屋敷の地下にあるみたいなんです」

「なっ！　それは本当ですか？」

「はい」

「間違いない。この屋敷の近く深くに不自然な空間がある。そこに呪いを発生させている何かがあるはずだ」

「……そんな、この屋敷に地下室などありませんよ？」

「わかっている。それはさっき調べた。空間はかなり深くにある。おそらく元からあった空洞か、魔法で作ったものだろう」

　説明しながらネロ君は屋敷の玄関へと歩き出していた。私も遅れないように、彼の後をついていく。

「どちらへ行かれるのですか？」

「決まっている。呪いの根源を絶つ。そうすればこれ以上、呪いは進行しないし広まらない」

「本当ですか！　よろしくお願いします！」

「ああ。行くぞ、フレア」

「う、うん」

　私はネロ君に連れられて屋敷の外に出る。

　領主様の反応、対応、表情……疑いながら見ていたけど、やっぱり本気で驚いているようにしか見えなかった。

　ネロ君も領主様を庇《かば》うような反応を見せているし、あの人はやはり無関係なのだろう。だけど、一度でも疑ってしまうと不安は消えない。

　もしかすると、なんてことを考えながら、自然とネロ君との距離を縮める。

「見つけた。ここだ」

「え？」

ネロ君が立ち止まったのは、屋敷の周囲を囲んでいる鉄柵の縁だった。見たところ何もないし、入り口らしき影もないけど……。

「お前は本当に魔力感知が雑だな」

「え、ええ！」

ネロ君は思いっきり地面を踏みしめた。直後、地面が抉《えぐ》れて地下に続く人工的な階段が顔を出し、いろんな意味で驚く。

「まぁ今回は、偽装が上手かったのもあるがな」

「だ、大丈夫なの？　こんな強引に、しかも地面抉れちゃってるけど」

「緊急事態だ。それに、中に仲間がいたとしても、出入りできる道はここだけしかない。見つけた時点で一網打尽だ」

「そ、そうなんだ」

私は階段を覗き込む。かなり深い場所にあるとは言っていたけど、暗くて奥まで見えない。何が待ち構えているのだろう。

ダンジョンとは違った恐怖と緊張感を覚えて、ごくりと息を飲む。

「行くぞ。時間が惜しい」

「わ、わかった」

ネロ君はまったく動じることなく階段を降り始めた。年上の落ち着きなのか、それとも魔法使いとしての感覚からなのか。

ネロ君の堂々としている姿勢は見習いたいと思う。

そして階段を一歩、また一歩と進んでいき、地上の灯りが見えなくなったところでようやく、私たちはたどり着く。

そこは広い空間だった。

地面の中に魔法で穴でも掘ったのだろう。自然に作られた洞窟ではなく、明らかに人の手が加わっている穴の中心に、鉄の柱が立っている。

奇妙な模様が描かれて、魔力感知が鈍い私でも、よくない何かを纏《まと》っているのがわかった。

「あれが……」

「間違いない。呪いの中心だ」

「……」

一見してただの鉄の柱に模様が彫られているだけなのに、どうしてこんなにも恐ろしいと感じてしまうのだろうか。

呪いとは思いであり、誰かが誰かを恨み、陥《おとしい》れようとする感情の究極だ。ここにはそういう負の感情が凝縮されている。

とても気分が悪くて、なんだか寒気がする。

一秒でも早くここから立ち去りたいという思いが湧いてくる。

「ネロ君……」

「大丈夫だ。呪いは条件を満たさなければ発動しない。どれほど近づこうと、仮に触れたとしても、直接触れさえしなければ心配はいらない。それよりあれを」

「う、うん」

持ってきていた呪いのシンボルを封印するための魔導具。相手にぶつけて発動して、使い切りの一発しかない。

予想通りシンボルが一つだけでよかった。

「ボクがやろう。ボクの身体はゴーレムだ。最悪、触れてしまっても問題ない」

「うん。お願いするね」

私は球体の魔導具を彼に手渡し、邪魔にならないように数歩下がって見守る。作った物に自信はあるけど、ちゃんと発動するか見るまで心配だ。

私はごくりと息を飲み、ネロ君が魔導具をシンボルである鉄柱にぶつけた。

弾けた魔導具は光の粒子となり、鉄柱の周りを渦を巻くように漂う。この状態になった魔導具の欠片《かけら》は、びっしりと鉄柱の表面にこびりついた。

「だ、大丈夫かな？」

「呪いの封印はちゃんとできている。もう少し自分の仕事に自信をもったらどうだ？」

やれやれと呆れているネロ君。

私は恐る恐る封印した鉄柱に近づく。確かに、さっきまで漂っていた嫌な空気が薄くなったような気がする。

「これで街の人たちにかかった呪いも消えたのかな？」

「おそらくはな。しばらく様子を見て、症状が緩和していくようなら問題ないだろう。破壊するなら、全員の安否が確認できてからだ」

「うん。じゃあしばらくこのままにしておくの？」

「そうだな。念のためだ」

　ネロ君は鉄柱に向かって右手をかざし、魔法によって結界を展開する。二重三重、より多く重なった複数の壁が鉄柱までの道を阻《はば》む。

「これで鉄柱には近寄れない。結界が破壊されるようなことがあれば、すぐにボクが感知できる。あとは出入り口を警備させれば十分だろう」

「ありがとう、ネロ君。みんなにも早く報告しに行こう」

「……そうだな」

　こうして呪いのシンボルを封印したことで、街中でこれ以上呪いが進行することも、広がることもなくなった。

　これにて一件落着、というわけにはいかない。

　しばらく街の人たちの様子を見て、呪いの効果が完全に消滅したかを確かめないといけなかった。それまで私たちはルーレウトに滞在する。

　ガルドさんたちは交代で入り口の警備をしながら、残ったメンバーは街中に潜伏しているであろう構成員の捜索を行った。

私はというと、少しでも症状が残っている人が楽になれるように、痛みを一時的に和らげる魔導具を量産していた。

シンボル封印から二日が経過し、私は領主様の屋敷でネロ君と一緒に寝泊まりしていた。

「う、うーん……疲れた」

「少し休め。お前はボクと違って生身だ」

「うん。でももう少し……これを届けたら終わりにするよ」

量産した痛み緩和の魔導具、指輪タイプが箱にたくさん入っている。これを街の治療院に配って、今日の仕事も終わりだ。

「運ぶだけならボクが行こう。お前はここで休んでいるといい」

「いいの？」

「ああ、そうしたほうが都合もいい」

「――？　わかった。じゃあお願いするね」

魔導具を届ける役目はネロ君に任せて、私は軽く休憩をすることにした。ネロ君の言う通り、生身の私は徐々に疲れが蓄積されていく。

思っていた以上に疲れていたのだろう。

テーブルの上に肘をつき、突っ伏して目を瞑ると、すぐに意識が薄れて行った。

◇◇◇

スヤスヤとテーブルに顔を伏せて眠っているフレア。

夜、静寂の中で扉が開く。ネロは出発したばかりだった。姿を見せたのは、使用人の格好をした男性である。

彼は無造作に、フレアの近くへと歩み寄る。

「無防備すぎる。楽勝だな」

「――こっちのセリフだ」

「なっ！」

男の視界がくるっと回転し、気づけば天井を見上げていた。理解するまでに数秒の時間をようして、立ち上がろうとしても身体が動かないことに気付く。

「こ、これは……」

「無防備なのはお前のほうだったな」

「――！」

眠っているはずのフレアから声が聞こえている。加えて声は高いが女性のものではなく、少年のものだった。

「お、お前は……」

「今さら気づいたのか」

眠っているフレアは幻影であり、霧のように消えていく。代わりに姿を見せたのは、美しい水色の髪をした少年だった。

「どうしてお前がここに……さっき外に出たはずじゃ」

「魔法で作った分身だ。そんなことも気づけないということは、お前は魔法使いではないらしいな」

「く、くそ……！」

「暴れたところで無駄だ。今度は失敗しない」

ネロは捕えた男の額に触れる。男は全てを察したのか、青ざめて逃げようと身体を左右に揺らす。

「や、やめてくれ！」

「安心しろ。同じ失敗はしない」

ネロは記憶を読み取る魔法を発動させる。しかしその前に一つ、別の魔法を発動させた。その効果は時間停止である。

「肉体の時間を一時的に止めてやった。これで自爆はできない」

「……」

「もっとも聞こえてはいないだろうが、ともかく……」

これで思う存分頭の中を覗ける。あまりいい気分ではないがな、と皮肉を言いながら男の思考を魔法によって読み取る。

目を瞑り、記憶を見ることで理解する。

「——第一印象は大事だということか」

「な、何が起こって……」

「お前はここで寝ていろ」

「がっ！」

ネロは男の意識を刈り取ってから手足を縛りあげる。そのまま男を放置して、別のテーブルに突っ伏して寝ているフレアに視線を向ける。

「お前もそこで寝ていろ。すぐに終わらせて戻ってくる」

「すぅー……」

ネロの魔法によって姿を消していたフレアは、今も安らかに眠っていた。ネロはフレアに再び幻惑の魔法をかけて保護し、一人で部屋を出て行く。

向かった場所は、この騒動の元凶であり、この街にラプラスを手引きした張本人。

「最初から、怪しいとは思っていた」

「——どうやら気づかれたようですね」

領主の部屋で男は待っていた。

驚きはしていない。優雅にワインを片手に窓際で立っている。ルーレウトの領主、バイエル・ニューベルト公爵。

保守派の筆頭であり、ユリウスを支持してきた貴族。その正体は……。

「犯罪組織と関わっていたとはな」

「ご名答です。よく気づきましたね」

「ボクの眼はごまかせない。お前の笑顔は、最初から気持ち悪かったからな」

「ほう、迫真の演技だったつもりですが……」

「ふっ、大抵の人間なら騙されただろう。フレアも、他の連中もお人好しばかりで、さぞ騙しやすかっただろうな。だがボクは別だ。ボクはよく知ってる。権力に溺《おぼ》れた薄汚い貴族は……よく笑うものだ」

部屋の扉がひとりでに閉まる。

扉の開閉を合図に、部屋中に黒い霧のようなものが立ち込める。

「呪いか」

「正解です。この霧を吸い込むことで呪いを受け、呼吸をするたびに進行していきます」

「……」

「貴方がいけないのですよ？　私の邪魔をするから。本当はこんなことはしたくありません。貴方のような子供を呪い殺すなど、心が痛みます」

「ふっ、薄っぺらだ」

ネロは失笑する。

心が痛むといいながら、バイエルは不敵な笑みを浮かべていた。その表情は、まったく心苦しさなど感じていない。

「これだけの人間を巻き込んだ奴が、子供一人を殺すだけで心が痛むわけがないだろう」

「ははは、確かにその通りですね」

「目的はなんだ？　この街の人間をなぜ呪う？　恨みがあるというわけでもないだろう？　ユリウスを陥れるためか」

「どちらも不正解ですよ」

　バイエルは首を横に振って否定する。

　黒い霧はさらに濃くなり、二人の視界を遮り始めていた。ネロは気づいている。呪いを発動しているのはバイエルではないことに。

　彼の背後に置かれている丸い道具から、黒い霧が散布されていることに。

「呪いの魔導具か……やっかいなものを作る」

「せっかくです。教えてあげましょう。私はここで実験をしていただけです」

「実験？」

「ええ、呪い殺す実験！　呪いはとても素敵な力です。条件を指定し、それを達成するだけで誰でも殺せてしまう。優れた魔法使いであろうと、強靭な肉体をもつ騎士であろうと、権力の頂《いただき》にある王族であろうと」

　バイエルは得意げに語り出す。

　この部屋に招き入れ、魔導具による霧を発生させて閉じ込めた時点で、すでに勝利を確信していた。

権力も財力もあり、裏の組織とも関わっている彼なら、全ての証拠を隠滅することなどたやすかった。

目障りな子供と魔導具師を殺し、全てをラプラスの構成員がやったことにすれば、自分は疑われることはない。

そのために演技をして、親衛隊の信頼を獲得してきたのだから。

「呪いは世界を統《す》べる力！　王たる者に相応《ふさわ》しき異能です。この力を極め研究することは、形ばかりの地位や権力よりも大切だと判断しました」

「自身の地位を確かなものとするために、呪いを研究していたのか」

「ええ。ラプラスから提供された呪いのサンプル。あれだけでは少々信用に欠けましたので、自分の手で確かめようと思いました。ついでに殿下の足を引っ張れるのならいいことばかりです」

「……」

気分が高揚して高らかに笑いながら話すバイエルに、ネロは静かに怒っていた。

「笑ってしまうほど簡単に進んでいたのですが、まさか君のような子供に邪魔されるとは思いませんでしたよ」

「ボクの力ではない。優秀な魔導具師がいるからな」

「そのようですね。ですのでお二人にはここで消えてもらいましょう。せっかくなので、新しい呪いの実験もかねて」

黒い霧は部屋に充満している。バイエルの立っている位置だけは黒い霧がかかっておらず、彼だけは呪いの対象から外れている。

「さぁ、そろそろ呼吸が苦しくなってきたのではありませんか？」

「……」

「呼吸は生きるために必要不可欠な機能。いくら危険だと理解していても、完全に止めることはできません。苦しみながら呼吸をして、さらに苦しむのです」

「……はぁ、お前も所詮は小悪党だな」

「――――！」

バイエルはようやく気付く。ネロが一切顔色を変えず、呪いの影響を受けていないことに。

「なぜだ？　もう十分な量の霧を吸い込んでいるはず……なぜ耐えられる？」

「簡単だ。呪いの対象は人間に限定される。なぜなら呪いの根源は、人間から生まれる負の感情だからだ。ならば、人間でないものには通じないのも道理」

「人間で……ない、だと？」

ネロはニヤリと笑みを浮かべる。

バイエルは知らない。ネロの正体を、その肉体が人間ではなくゴーレムだということを。そして何を隠そう、彼ほど呪いに精通している存在はいないことも。

ネロはぱちんと指を鳴らした。

瞬間、バイエルを守っていた結界が破壊され、呪いの霧が彼へと迫る。

「け、結界が！」

「その呪い、他人の呪いを魔導具に詰めているのだろう？　ならばお前も吸い込めば呪いの対象になるということだ。だからお前は結界で守っていた」

「く、くそっ！」

「逃げられはしないぞ」

逃げようとしたバイエルの足を凍らせると、彼はその場で転んでしまう。焦りから呼吸数が増え、呪いの霧を吸い込む。

「く、苦しい……」

「さっさと魔導具を止めるんだな。でないと本当に死ぬぞ？」

「く、こんな……」

「お前は何もわかっていない」

ネロは霧を発生させている魔導具を凍結し、そのまま粉々に砕く。霧の散布が止まったことで、呼吸の苦しさが緩和し、バイエルは咳込む。

ネロはバイエルに歩み寄り、少年とは思えない眼光で見下す。

「呪いが王に相応しい異能？　未熟者が。そんなものに頼らなければ人を動かせない時点で、お前は王の器ではない」

「――――！　お、お前は一体……」

「知る必要はない。お前はただ、一方的に語るだけだ」

ネロはバイエルの頭を鷲掴み、記憶を読み取る。

◇◇◇

「結局、ラプラスと繋がっていたのは公爵だったわけか」

「はい。ネロ君のおかげです」

ルーレウトの街から帰還した私は、研究室を訪れた殿下に事の顛末を話した。もっとも、すでに報告は受けているだろうから、同じことを教えただけだ。

私の口から聞きたいという殿下の要望と、私も殿下と話したかった。

「よくやったな。今回もお手柄だ」

「いえ、私よりもネロ君です。ネロ君のおかげで、真犯人を見つけることができました。まさか領主様だったなんて……」

私は結局最後まで、領主様がラプラスと通じていると気付けなかった。何度か疑いこそしたけど、あの笑顔に惑わされてしまっていた。

私だけじゃない。親衛隊の人たちも落ち込んでいた。

「俺も、公爵のことは信用していた。ある意味では俺が一番マヌケだろう」

「そんなことは！」

「事実だな。俺は一度味方だと思うと、無条件に信用してしまう癖がある。以前、兄上にも言われたよ。もっと他人を疑い、注意深く観察しろとね」

「殿下……」

複雑な表情を浮かべている。

きっと辛いはずだ。信じていたはずの領主様に裏切られて、人知れず街の人々を苦しめていたのだから。

「私もネロ君に注意されました。もっと人を疑ったほうがいいと」

「フレアもか」

「はい」

「俺たちは似た者同士だな」

「そうみたいですね」

私も、殿下も、信じたいと思った人を信じてしまう。理屈や理由よりも先に、感情を優先してしまうことが多い。

そういう部分をネロ君やクラウス殿下は心配してくれているのだろう。

「俺はもっと心から信じらえる人間を増やそう。それがきっと、王子としての信頼にも繋がるはずだ」

「はい」

「今回は本当にお手柄だった。皆と協力し、俺の代わりに街を救ってくれたこと、改めて礼を言わせてくれ」

殿下は私に向かって頭を下げる。

丁寧に、静かな声で。

「今回の一件は、ラプラスの構成員も捕まえることができた。ラプラスには俺たちも以前から手を焼いている。街を救ったことを含めて大きな貢献だ。よって、君には勲章が授与される」

「勲章？」

「ああ。もちろん親衛隊の皆にもな。本当ならネロにも与えたいところだが、あいつは君の助手になっている。ネロの分も、君が受け取ってくれ」

「はい。でも……ちょっぴり寂しいですね」

「そうだろうな。あいつは気にしないだろうが、俺としても複雑な心境だ。見た目はあれだが、中身は大先輩だからな。偉そうに勲章など与えられない」

「ふふっ、そこも気にしていませんよ、ネロ君は」

彼は空気を読んで、殿下がこの部屋にやってきたときに退室した。今もどこかで、私たちの邪魔をしないように、私たちのことを守ってくれている。

永い眠りから目覚めた大魔法使い、大国の元国王は寛大なお方だから、名誉も功績も今さら興味がないのだろう。

「君が功績を積むことで、俺と君との距離は近づく。嬉しい反面、俺は少し情けなさを感じてしまうな」

「殿下？」

「本当は、俺のほうから手を差し伸べたい。君と俺は同等で、君は俺のものだと宣言するには、俺はまだまだ未熟だ」

「殿下の……」

　俺のもの、そう言って貰えたことが嬉しくて、胸の鼓動が徐々に速くなっているのを感じ取る。

　私は殿下のもの……そう、殿下は私のことを想ってくれている。

　今はそれだけで胸がいっぱいだ。

「待っていてくれ。君の頑張りが認められるように、俺も王子としての信頼を積み重ねていこう。俺が信頼されることで、君を選んだことを納得させてみせる。兄上にも、父上にも、国民にも祝福されるように」

「――はい。待っています。それまで私も」

　もっと頑張ろう。

　殿下との距離が近づくように。こんな風に隠れて会わなくても、堂々と手を取り合い、歩いて行けるように。

　そして殿下に絡みつく呪いの茨《いばら》を、いつか必ず私が全て取り除いてみせる。

「俺も今まで以上に気合を入れる。改革派の行動は目に余るものがある。犯罪組織に加担するなど、もはや国民のためではないからな」

「そうですね。それに呪いを広めていることも気がかりです」

「ああ、俺を呪った残りの人間も、ラプラスと関わっていることは間違いない。しかも彼らは思った以上に身近なところに上手く溶け込んでいる」

「はい……」

とても恐ろしいことだ。

昨日まで信頼していた人が、友好的だった相手が敵になっている。というより、最初から敵だったことを知らされる。

廊下を歩いているだけで、すれ違って挨拶を交わした人間が、もしかしたら寝首をかこうと狙っているかもしれない。

「改革派に……ラプラス。彼らの動向は注意しよう。本格的な捜査も進めていくことになる。そうなれば、また君の力を頼ることになるが」

「はい。頼ってください。私は殿下に選ばれてここにいるんです」

「フレア……」

私が頑張ることで、私を選んでくれた殿下の信頼に繋がるのなら。

「一緒に頑張りましょう。認めてもらうために」

「そうだな。一緒に」

手を取り合い、確かめ合い、歩んでいく。

この先に幸せが待っていると信じて。

第四章 ☾ 王子の友

ルーレウトから帰還した私たちは、それぞれの日常へと戻っていた。

私はリドリアさんの手伝いで宮廷に足を運び、今日も山積みになった書類と睨めっこしている。

リドリアさんにもルーレウトで何が起こったのかは伝わっていた。

「大変でしたね、フレアさん」

「そうですね。予想外のことがたくさん起こって驚きました」

「驚きましたで済ませるようなことじゃないですよ？　ラプラスと言ったらすごく有名な怖い組織なんですから」

「そうみたいですね。初めて聞きました」

ルーレウトの事件にラプラスが関わっていたことは、すでに王城内では大きな噂となって広まっている。

どうやら私が知らなかっただけで、みんなにとっては常識みたいな情報だったらしい。国際犯罪組織ラプラス、彼らは広くいろんな土地で勢力を拡大させていた。

「知らないほうが不自然ですよ。どれだけ興味なかったんですか？」

「あはははっ……」

「お前は危機感が少々足りないな」

ネロ君は束ねた書類を運びながらそう言った。

実に言葉が胸に痛い。今回の事件も、裏で彼らと繋がっていたのは、あの優しそうな領主様だった。

ネロ君が気づいて対処してくれたから大事にはならなかったものの、もし彼がいなければ、今頃私はここにいないだろう。

そう思うとゾッとするし、次から気を付けて他人を観察しようとも思う。

「見抜ける気がしないなぁ……」

「別に見抜けなくてもいい。信じる相手とそれ以外を明確に分けておけ。お前は第一印象がよければすぐ他人を信用するだろう」

「フレアさんは優しいですからねぇ」

「その甘さは付け入りやすく、利用されやすいということだ。心当たりがあるだろう？　リドリア、お前もだぞ」

「う……はい」

人がいいから利用されやすい。ネロ君が言っているのは、今のままだと搾取され続けてしまうぞ、ということなのだろう。

現に私やリドリアさんは、前室長の命令に逆らえなくて、ずっと苦労し続けていた。

信用とは少し違うとは思うけど、他人に言われたことを疑わなかったり、自分より相手のほうが正しいと思ってしまうのは、彼の言う通り甘さなのだと思った。

「安心はするなということだ。事件はまだ完全には終わっていない。ユリウスも言っていただろう？　奴らの根は、思ったよりも身近に、深く根付いているぞ」

「う、うん。そうだね」

殿下もラプラスや改革派の動向について、これから詳しく調査して行くと言っていた。

そのためだろうか。最近はあまり見かけないし、たまに廊下ですれ違うだけで、話す時間なんて作れそうもない。

とても忙しそうで、慌ただしくしていて、とてもじゃないけど私のために時間を作らせるのは申し訳ないと思ってしまう。

ルーレウトから帰還して一週間、ちゃんと話したのは帰還してすぐの夜だけで、それ以降はすれ違っていた。

「殿下……大丈夫かな」

「心配ならば様子を見に行けばいい。あの男のことだ。喜ばれるぞ」

「そ、そうかな？」

「そこはボクより、お前のほうがよくわかっているはずだ」

「うん……」

ネロ君は微笑み、終わらなくて嘆いているリドリアさんの書類の山に、新しい書類を追加して楽しんでいた。

「ちょっとネロさん！　なんで追加するんですか！」

「これはボクたちが不在の間、サボっていたお前の分だろう？」

「う、さ、サボってませんけど？」

「そうか。じゃあなぜ、期限がギリギリの仕事がこんなにも残っている？　見た限り、あれから急激に仕事が増えたというわけでもなさそうだが？」

「……ごめんなさい。皆さんが戻ってから手伝って貰えばいいな……とか、思ったり、思わなかったり……はい」

　ネロ君にお説教されてリドリアさんはどんどん小さくしぼんでしまった。幼い子供に説教される大人という構図はとても奇妙だった。

　ネロ君は盛大にため息をこぼす。

　そして私のほうに視線を向けて、呆れながら忠告する。

「見たか？　これが甘えを覚えてしまった人間の末路だ。まったく情けない」

「すみません。情けなくてすみません……」

「あははは……一人でお仕事するのは大変だったんですよね。気持ちはわかりますよ」

「フレアさぁん」

　リドリアさんは涙目で私のことを見つめてくる。なんとも縋《すが》るような視線に、ちょっぴり私も情けないな、と思ってしまいそうだ。

　ネロ君はもう一度盛大にため息をこぼす。

「その甘さが毒になる。甘やかせばブクブクと太って手が付けられなくなるぞ。人を育てるには、時に甘さより厳しさも重要だ」

　そう言いながらネロ君は、私がやろうとしていた仕事もリドリアさんのテーブルに戻した。

　リドリアさんが絶望の表情を見せる。

「これを先に終わらせろ。それまで、ボクたちは手伝わない」

「そ、そんなぁ」

「安心しろ。それが終わったらちゃんと手伝ってやる。見捨てたりはしない」

「ほ、本当ですね？　ちゃんと手伝ってくれるんですね？」

「ああ、ボクは嘘をつかない。お前が真面目に働く姿を見せれば、それに応えよう」

「が、頑張ります！」

　これが飴と鞭《むち》？

　飴というにはほろ苦さを感じずにはいられないけど、ネロ君の言葉でリドリアさんがやる気を出したことは事実だった。

　私はやっぱり他人に甘いのだろうか。

　夕日が西の空に沈んでいく。

　もうすぐ定時になるが、リドリアさんは半泣きで仕事を続けていた。

「お、終わらないです……」

「はぁ……」

　本日何度目かわからない盛大なため息が、仕事をしている部屋に響く。焚きつけた最初こそ調子はよかったものの、徐々にペースが落ちはじめ、明らかに終わらない感じがしたので、ネロ君もしびれを切らして手伝い始めた。

「ネロ君も優しいよね」

「何か言ったか？」

「なんでもないよ」

　本当に困っている人がいたら、厳しさよりも甘さが出てしまう。それはきっと、優しい人間なら誰でも持っているものなのだろう。

　治そうと思っても簡単には治らない病気みたいなもので、ネロ君自身よくわかっているから、私に忠告してくれているに違いない。

　今日は仲良く残業かな、と思っていた私に、ネロ君は言う。

「フレア、お前はもうあがっていいぞ」

「え？」

「あとはリドリアの仕事だ」

　ネロ君がそう言うと、半泣きだったリドリアさんがさらに切なげな表情を見せる。この状況でさすがに厳しいと思っていたら、ネロ君はため息をこぼして言う。

「安心しろ。ボクは残る」

「ネロ様ぁ」

「様はやめろ。お前に様付けで呼ばれるとどうにも気色が悪い。ボクは手伝いで残る。フレア、お前はもういい」

「でも、私も一緒に手伝ったほうが」

「ボク一人で十分だ。それより、気になるなら会いに行けばいいだろう？」

「――――！」

　仕事中に話していたことを、ネロ君は覚えていてくれたらしい。私が殿下に会いたいけど、躊《ちゅう》躇《ちょ》していることを。

　私は微笑む。

「やっぱり、ネロ君も優しいね」

「ふんっ、いいから行け。やる気を貰ってこい」

「うん！　行ってくるね」

　ネロ君の優しさに甘えて、私は一足先に仕事を切り上げ部屋を出る。今頃、殿下は仕事をしている最中だろうか。

　もし忙しいなら邪魔をしたくないけれど、顔を見るくらいは許されるだろうか。

　ネロ君が私に言ってくれた言葉を思い返す。

　喜んでくれるかどうかは、私たちが一番よく知っている。私が会いたいと思っている気持ちは、きっと一方通行じゃない。

そう――

「フレア」

「――！　殿下」

だから、私たちは惹き合う。

殿下の執務室にたどり着く前に、私たちはバッタリと遭遇した。廊下の真ん中で、互いの姿を見つけて駆け寄る。

「どうしたんだ？　仕事終わりか？　こっちは君の部屋じゃないだろ」

「はい。殿下のお顔が、見たくて」

「――そうだったのか。実は俺もだ」

そう言って殿下は優しい笑顔を見せてくれた。

思いは通じ合っている。私が会いたいと、顔を見たいと思っているように、殿下も同じ気持ちだったのだろう。

「嬉しいな。俺もちょうど、フレアの様子を見に行こうとしていたんだ」

「本当ですか？　嬉しいです」

「お互いにな。忙しかっただろう？」

「はい。殿下も」

「まぁな。やるべきことが多い。王都にいる貴族周りを全て調べ上げているからな。とてもじゃないが一日やそこらでは終わらないよ」

殿下はわかりやすくがっくりと肩の力を抜いた。

こんなにもハッキリ疲れを露にするのは珍しい。よほど大変な作業なのだろう。そんな中で私の様子を見に来ようとしてくれていた。

改めて嬉しくて、胸が熱くなる。

「少し話そうか。時間はあまりないんだが」

「はい」

私たちは並んで廊下を歩いて、殿下が仕事をしている執務室へと足を運んだ。テーブルには書類が詰まれている。

リドリアさんが頑張って処理しているであろう書類よりも多い気がする。

「これ全て、貴族の方々の資料ですか？」

「そうだ。過去から現在までの動向、成り立ちも調べている」

「改革派の方々がこんなに……？」

「いいや、俺のことを支持してくれている保守派の者たちも含めてだ。バイエルのように、上手く信用を勝ち取って誤魔化しているかもしれないからな」

そう言う殿下は少し切なげに笑った。

ルーレウトの領主と殿下は友好な関係を築き、殿下を支持する貴族たちの中でも、特に信用していたと聞いている。

そんな人物が実は敵で、王国に仇《あだ》なす犯罪組織と繋がりがあった。殿下にとってはかなりショックな出来事だったはずだ。

殿下は少しだらしなく、窓際のソファーに腰かける。

「フレアも座ったらどうだ？」

「はい。じゃあお邪魔して」

私は殿下の隣に腰かける。少し遠慮して、肩が触れ合わない程度の間を空けたのだけど、殿下は身体を傾かせて、顔を見合わせる。

「今さら遠慮しないでくれ」

「はい……」

本当はもっと触れ合いたい。傍にいたい。

そんな気持ちが漏れていたのだろう。殿下は私の手に優しく触れて、ぎゅっと思いを確かめるように握ってくれた。

温かくて優しい手は、触れているだけで安心できる。

「少し、こうさせてくれ」

「はい」

殿下は私の肩に寄りかかり、そっと目を閉じる。

本当に疲れているみたいだ。今にも眠ってしまいそうなほど優しい息遣い。でも眠るわけにはいかないから、頑張って堪えているのがわかった。

「殿下、私にお手伝いできることはありませんか？」

「ありがとう。気持ちは嬉しいけど、君にも自分の仕事があるだろう？」

「それはそうですけど……」

「大丈夫だ。忙しいのは今に始まったことじゃない。これも王子である俺の務めだ」

「殿下……」

「兄上や父上はもっと忙しくされているからな。この程度でへこたれていたら、二人に笑われてしまうよ」

　私は殿下とこうして関わるまで、王族の忙しさを侮《あなど》っていた。

関わりが浅かったからと言い訳しておくが、私はずっと、王族ってそんなに忙しくないんじゃないか、と思っていた。

　実際はそんなことなくて、昔の私と比べても遜色ないほど忙しくされている。

考えれば当然のことだ。

　この国の人々を支え、導く立場の人間が、暇を持て余しているはずがない。加えて王族という立場は多くの人に見られる。

　常に気を張っていないと務まらない仕事だからこそ、私たちとは違った大変さがある。

「眠っても構いません。時間になったら起こしますから」

「……いや、今は特に警戒しないといけない時期だ。たとえ城内でも、気を緩めるわけにはいかないのさ。それに、勿体ない」

「殿下？」

「せっかくこうして君がいるんだ。もう少し見ていたい」

殿下が私の手を引き、顔を近づける。

呼吸が、心音が、相手に伝わるほどの近い距離で、お互いの顔を見つめる。言葉に出さずとも、次に何をするのか伝わる。

私は眼を瞑り、それを待った。

唇同士がわずかに重なり、優しく確かめ合う。

「不思議だな。たったこれだけで、今までの疲れが吹き飛んだよ」

「殿下……私もです」

私たちは抱きしめ合う。

お互いの心音を、体温を、呼吸を確かめるように。共に生きている実感と、同じ時間を過ごしている幸福を全身で感じるように。

「もう一度すれば、明日を頑張る力がもらえるかな？」

「はい」

こんなことで殿下の力になれるなら、私は何度でも瞳を瞑ろう。殿下との触れ合いは、私にとっても幸福をもたらす。

幸せで、私たちだけの時間……だと、思っていた。

「一国の王子がイチャイチャしちゃって、ノロケ顔が情けないなー」

「え？」

「――!?」

窓が開いた。私は驚きの声を発し、殿下は目を丸くする。

ここは二階、当然だけど窓の外は屋外で、もしも落下したら命は落とさないまでも大怪我をするだろう。

二重の意味での驚きで、私は固まってしまった。

開いた窓に掴まって、見知らぬ青年が笑っている。

不敵で、妖艶で、目の前にいるのに、そこには誰もいないような違和感すら漂わせる青年に、私は寒気を感じた。

青年と視線が合う。

「君とは初めましてだね？　こんばんは、お嬢さん」

「あ、あの……」

「――いつも言っているだろ？　アラタ」

隣で殿下のため息が聞こえた。

私はすぐには理解できなかった。知らない誰かが窓から突然現れたのに、どうして殿下はこんなにも落ち着いているのか。

その理由は、殿下の表情を見てようやくわかった。

「窓から入ってくるな。不審者だと思われるぞ」

「こっちのほうが手っ取り早く会いに来れるんですよ。いいじゃないですか。殿下だって面倒な

手続き省けて楽でしょ？」

「お前なぁ……まったく、唐突過ぎるんだよ、いつも」

「それが俺ですからね」

殿下は優しく笑っていた。そうか、この人は敵じゃない。そう理解して、高まっていた緊張が一気にほぐれる。

再び青年と視線が合った時には、どこか安心感すら抱いていた。

「改めてこんばんは、驚かせてすみませんね。てっきり殿下だけだと思ってたんで」

「えっと、はい。こんばんは？」

結局この人は何者なのか。怪しい人じゃないのはわかったけど、わからないからキョトンと首を傾げる。すると殿下が口を開く。

「紹介するよ。こいつはアラタ。なんというか……俺の友人だ」

「友人なんて軽く言わないでくださいよ。そんなんじゃなくて、俺たちは親友ですよ！」

そう言いながら彼は殿下の肩に手を回してニッコリ笑う。殿下は恥ずかしそうに、照れ隠しをするように視線を逸らす。

「親友……殿下の？」

「腐れ縁みたいなものだよ」

「まぁそうともいいますね。で、この可愛い子は誰ですか？　早く俺にも紹介してくださいよ」

「紹介してほしかったらまず窓から退け」

「ん、それもそうですね。じゃあお邪魔しますっと」

ようやくアラタと呼ばれていた青年は、ひょいっと窓から跳び上がって部屋の中に入った。殿下も立ち上がり、向かい合う。

体型も身長も、殿下とほとんど変わらない。

二人は向かい合い、数秒の静寂を挟んでから、男同士の挨拶で腕を交わす。

「半年振りか？」

「そうですね。ご無沙汰しております。殿下」

「お前は相変わらずか？　アラタ」

「そんな感じです。そういう殿下は随分と変わったみたいですねぇ」

そう言いながら、殿下の後ろにいる私を覗き込む。ニヤっといじわるな笑顔に、私はどう反応していいのか困る。

「ほらほら、いい加減教えてくださいよ」

「……彼女はフレア。親衛隊の新しいメンバーで、優秀な魔導具師だ」

「よ、よろしくお願いします！　フレア・ロースターです」

とりあえず私は自己紹介をして、勢いよく頭を下げる。殿下のご友人ということは、彼も名のある貴族なのだろう。

変に思われないように丁寧な対応を……と、思ったところで気づく。

彼が窓から入ってきたということは、窓越しに見られていたということじゃないのか？

私と殿下が唇を合わせているところを。

それってまずいんじゃ……。

「よろしくどうも！　親衛隊の新しい子ですか。でもまっ、それだけじゃないですよね？　見てましたよ～」

「っ……覗きとはいい趣味をしているな」

「別に覗くつもりはありませんでしたよ？　窓から入ろうとしてよじ登ったら、偶然二人がイチャイチャしてる場面に遭遇しただけです」

「窓から入ろうとするからだろ」

呆れる殿下。対して私は動揺していた。

私たちの関係を知っているのは、身近な人でもネロ君だけだ。親衛隊の方々も、リドリアさんだってハッキリとは知らない。

もしかすると気づいているかもしれないけど、自分たちの口から伝えたことはない。

なぜなら殿下は一国の王子様で、私はただの貴族の娘。宮廷魔導具師として働いていたり、殿下の親衛隊の一員という肩書を総動員しても、まだ釣り合わない。

だから遠慮してきた。

私たちの関係は、皆が認めてくれるまで内緒にしておきたくて。それを知られてしまったのなら、殿下にとってもよくない話……のはずだ。

私は殿下の横顔を見つめる。

　まったく動揺している様子はないし、むしろ普段よりも自然体で落ち着いて見えた。私一人が動揺して、頭の中はアタフタしているみたいだ。

「しっかし驚きましたね。殿下ってモテるのに、女性にまったく興味ない感じだったじゃないですか」

「勝手な思い込みだな」

「へぇ、じゃあ俺が知らないだけで、陰でいっぱい遊んでたわけですか？　殿下も隅に置けないですね」

　アラタさんは殿下の脇を肘でつんつんと突いている。ちょっぴりうざい絡み方に、殿下も少しイラついているようで。

「そういうんじゃない。からかうな。俺は遊び人じゃない」

「怒らないでくださいよ。ってことは、彼女は特別ってことですね？」

「――――！　まぁ、そうだな。特別だよ」

　殿下は恥ずかしそうに、けれど少し嬉しそうに頬を赤らめながら呟く。私はそれが嬉しくて、こっちまで頬に熱が伝わってくる。

　もしもこの場に二人だけなら、私たちはもっと近づいて、唇を合わせていたかもしれない。

「へぇ～　ホント意外ですね」

「……お前は俺を何だと思ってたんだ」

「女っ気のない寂しい王子？」

「お前……俺じゃなかったら国際問題になるようなことを」

「わかってますって。ちゃんと時と場所は選んでるんで安心してください」

「国際問題？」

私はキョトンと首を傾げる。

二人はそろって私の顔を見ると、お互いに視線で確認し合い、何かに気付いて視線を私のほうへと戻した。

「そういえば、まだ自己紹介してなかったですね。俺はアラタ、こっちの国の人間じゃなくて、隣のレスタミア王国の出身です」

「隣国の人だったんですか？」

私は盛大に驚いた。まったく予想していなかったことだったから。

レスタミア王国はこの国の西側に位置する国で、古くから国同士の交流も深く、良好な関係を築いていると聞いている。

国土は私たちの国オルソラ王国よりも小さいけど、人口はほとんど変わらず、国としての力も遜色ない。

友好国の人とは言え、他国の人間が王城の、しかも殿下の部屋に窓から入って来るなんて、普通ではない。

「こいつはレスタミアの近衛《このえ》兵なんだ」

「え、貴族の方じゃ」

「全然違うよ」

「お、彼女には俺が高貴な貴族に見えたみたいですね。なんか嬉しいですよ」

「調子に乗るな。お前のどこに高貴さがあるんだ？」

「それはもう、全身？」

「ふっ」

「ちょっ、鼻で笑わなくてもいいじゃないですか」

この国の人間ではなく、貴族ですらない。

一国の王子と他国の兵士さんという異色の組み合わせなのに、どうしてこんなにも安心して見ていられるのだろう。

私はいつも、格好いい殿下ばかりを見てきた。

知的で、落ち着いていて、そんなに歳の差はないはずなのに、私なんかよりもはるかに大人っぽくて、頼りになる人。

初めて見るかもしれない。

年相応、あるいは幼く見えるような無邪気な笑顔は……。

アラタさんが言っていたことを思い出す。二人は友人ではなく――

「親友」

思わずぼそりと呟いて、二人の視線が私に集まる。

「そうですよ？　俺たちは親友です」

「だから調子に乗るなって」

「いいじゃないですか！　殿下の数少ない友人ですよ？」

「数少ないとか言うな。お前だって、俺以外に大して友人とかいないだろ」

「失敬な！　殿下よりは多いですよ！　二、三人くらい！」

「誤差じゃないか」

「ふ、ふふっ……」

二人のやり取りを見ていると、思わず声が漏れてしまう。

なんだろうこの安心感。ずっと見ていたいと思えるほど、二人の関係性は温かくて、尊さを感じずにはいられない。

殿下はムスッと子供みたいに拗《す》ねて言う。

「なんで笑ってるんだ？　フレア」

「すみません。とても仲がいいんだなと思って」

「そりゃそうですよ。結構長い付き合いですからね。さすがにチューはできませんけど」

「当たり前だろ。誰がお前とキスなんてするか」

「俺だって嫌ですよ。やっぱりキスは愛し合う者同士がするものですからね。殿下と、彼女みたいに」

アラタさんはニヤっといたずらな笑みを私たちに向ける。

同時に頬を赤らめて、私と殿下は顔を見合う。

「いい感じですね。馴れ初めとか教えてくださいよ」

「からかうから嫌だ」

「えぇ、いいじゃないですか！　親友なんだから秘密はなしでいきましょうよ」

「一々親友って言葉を強調するな。彼女も困ってるだろ」

「あははは……」

私たちの馴れ初め、始まりを教えるのは大変だろうとは思っている。だってそれを語るためには、殿下が抱える最大の秘密について語らなければならない。

今も彼の身体を蝕む、悪しき呪いのことを。

「大丈夫だ。こいつも知ってる」

「え？」

殿下は私の心を見透かしたように、教えてくれた。他国の人間である彼が、殿下の呪いについて知っていることを。

「ほ、本当なんですか？」

「ああ。こいつには偶然見られたんだよ。呪いが進行したタイミングが被って」

「あれは驚きましたよ。殿下が急に苦しみだして、医者を呼ぼうとしたら絶対にやめろとか言うんですから」

「そう……だったんですね」

私との出会いと同じような出来事が、二人の間でもあったらしい。

成り行きもあるとはいえ、殿下が呪いのことを話しているなんて驚いた。よほど信頼しているのだろう。この人のことを。

「で、どうなんですか？　呪い云々の話が出るってことは、それと関係あるんですよね」

「いや、まぁそうだが、そんな話をするために来たのか？」

「まさか。ちゃんと仕事ですよ。これ、殿下に」

「これは……」

アラタさんは一通の手紙を殿下に手渡していた。便箋には隣国レスタミアの紋章が描かれている。

「うちの国王からの招待状です。これを預かってきました」

「レスタミア国王から……」

殿下は手渡された手紙を開く。

どうやらレスタミアの国王は、二人の関係性を知っているらしい。国同士のやり取りではなく、彼に頼んで手紙を渡すということは、何か極秘の話でもあるのだろう。

私は極力、殿下のほうを見ないように気遣った。

「なるほどな。フレア」

「はい？」

「どうやら、すぐに君の力を借りないといけなくなりそうだ」

「え？　それって……」

殿下は手紙を私に見せてくれた。

そこに記されていたのは、レスタミア国王のサインと、隣国で脅威となっている犯罪組織ラプラスについての情報だった。

「だから招待状か」

「ええ。こっちの国にもルーレウトでのことは伝わっています。街に広まった呪い、それを解決した親衛隊の力を貸してほしいそうです」

「なるほどな……わかった。至急準備させよう。この件は、俺たちの国も無関係じゃない。悪いがいいか？　フレア」

「はい。私の力が役立つなら」

◇◇◇

二日後。

私を含む親衛隊とネロ君は馬車を走らせて隣国へと遠征を開始した。馬車の中でガルドさんが大口をあけて欠伸をする。

「まっさかこうも連続で遠征になるとはなぁ」

「だらしないですよ。しゃきっとしてください。今回は殿下も同行されているんですから」

「いいじゃねーか。今は移動中、俺らしかいねーんだし」

「まったく……申し訳ありません、殿下」

「気にするな。お前たちばかりに負担をかけて申し訳ないと思っている。到着してからは忙しくなるだろう。今はこれでいい」

同じ馬車には殿下も乗っていた。

今回は国外でのお仕事だから、親衛隊だけではなく殿下も同行している。表向きは外交をするため、ということになっているらしい。

「しっかしラプラスの連中、俺らの国だけじゃなくてレスタミアでも暴れてやがるのか」

「そうみたいね。同じような実験をしてると思うと、ゾッとするわ」

「早いとこ解決したいっすね」

「そのために、我々が向かうのですよ。もっとも、今回もお二人が頼りになりそうですが」

レストさんは私とネロ君に視線を向け、自分のメガネに触れる。

「気にするな。呪いと関係しているのなら、ボクも興味はある。それに、国外は眠りから覚めて初めてだからな」

「私も初めてです。国の外に出るのは」

ずっと王都で働いていて、国どころか街の外にすらまともに出ていなかった。これからのこと考えると不謹慎ではあるけど、少しワクワクしている。

「リドリアさんには、また申し訳ないことをしちゃったね」

「心配いらない、鼓舞はしてきた」

「鼓舞……」

あれを鼓舞と呼んでもいいのだろうか？

新たに遠征が決まって、しばらく留守にすることをリドリアさんに報告すると、案の定とても悲しんでいた。

そんなリドリアさんにネロ君は、次に戻る時にもしもサボった痕跡があったら、今後一切手伝わないぞ、という一言を残した。

あれは鼓舞というより……。

「脅しだよ」

「人聞きの悪いことを言うな。ちゃんと働いていれば終わる。それだけのことだ」

「本当にネロ君、リドリアさんには厳しいね」

「あの女がだらしなさすぎるのが悪い」

私にはそれ以外の理由があるように思えるけど、いつか聞いてみよう。答えてくれるとは思わないけど。

そういえば、あの人はあの後どうしたのだろうか？

気になった私は殿下に尋ねる。

「アラタさんは先に戻られたんですね」

「ああ。あいつの役目は俺に手紙を届けること、それだけだからな」

あの後すぐに、アラタさんは国へと戻ってしまった。そのせいなのか、殿下はちょっぴり寂しそうに見える。

「あの、殿下とアラタさんはいつからご友人に？」

「ん？　子供の頃からだよ。俺が父上の外交で、レスタミアに訪れていた時、偶然出会って話すようになった。十年近く前からだ」

「そんなにも前から」

「言っただろ？　腐れ縁だ」

殿下の話によると、最初はお互いの身分も知らずに接していたらしい。殿下は自分の身分を語れば、相手が萎縮すると気を遣っていた。

アラタさんのほうも、身なりで貴族なのはわかっていたけど、自分が平民だと知られたら、今の関係が終わってしまうと思った、らしい。

その年はレスタミアとの外交で、国王陛下は頻繁にレスタミアを訪れていた。それに殿下はついていき、何度も一緒に遊んだらしい。

「結局、一年くらい名前も知らずに遊んでて、後になってお互いのことを知ったよ」

「す、すごいですね。一年も……」

それだけ波長が合ったのだろう。

殿下は恥ずかしがって認めようとしないけど、二人は親友のような関係になった。身分どころか国境すら越えて。

「素敵な関係ですね」

「……そうか？」

「はい。とても。アラタさんと話している時の殿下は、楽しそうでしたから」

「……まぁ、飽きない奴だよ」

そう言って照れ隠しをする殿下に、私はほっこりと安堵する。こんな表情は私に対しても見せてくれない。

ちょっぴり妬《や》けてしまう。それ以上に、殿下が心を許せる相手がいたことを、私は嬉しいと思えるようになっていた。

◇◇◇

王都から馬車を走らせ五日。

私たちを乗せた馬車は、レスタミア王国の王都にたどり着いていた。街並みは私たちがよく知るオルソラ王国の王都に似ている。

隣同士の国だから、発展の仕方も似ているのだろうか。

どこか懐かしさもあり、よその国に訪れたという実感がイマイチわかない。けれどお城の形や色合いの違い、雰囲気の差でようやく、他国にいることを実感する。

私たちがいる王城よりも白さが際立っていて、天井が空のように青く塗られている。青と白、二つの色がここを別世界にしていた。

「俺は国王に挨拶をしてくる。滞在中は王城の客室を使わせてもらえるから、荷物をそっちに移動させておいてほしい」

「わかったぜ」

「ネロもみんなを手伝ってほしい。フレア、君は俺と一緒に来てくれ」

「私だけ、ですか？」

「ああ。国王との謁見だ。あまり大人数は失礼だが、君はまだレスタミア国王と会ったことがないだろう？」

　親衛隊の他のみんなは、すでにレスタミア国王との顔合わせを済ませているらしい。私は新人だから、この機会に紹介したいそうだ。

「ボクも会ったことはないぞ」

「お前は……また今度だ。失礼な態度を取られても困るからな」

「ボクのことを何だと思っているんだ。まぁいい、他国の王に興味はない」

　少し不貞腐れたように、ネロ君はガルドさんたちと馬車を移動させる。私は殿下に連れられて、王城の中を歩く。

　すると、記憶に新しい声が私たちを呼び止めた。

「ようこそ、俺の国へ」

「――この場でそれは中々勇気のある発言だな」

「嘘じゃありませんからね」

「こんにちは、アラタさん」

　ひょこっとアラタさんが私たちの前に顔を出す。

　レスタミアの近衛兵をしているというのは本当だったらしい。疑っていたわけじゃないけど、こうして王城の中で会えるとは思っていなかった。

「陛下のところへ行くんですよね？　途中までは案内しますよ。これも近衛兵の仕事ですから」

「ふっ、じゃあ頼もう」

「かしこまりました。終わったら今度こそ、二人の馴れ初め教えてくださいね」

「まだ諦めてなかったのか……」

「当然じゃないですか。親友の恋愛事情なんて、知りたくないはずないでしょ」

　相変わらず殿下をからかいながら、意地悪に笑うアラタさん。殿下は呆れているけど、こうして彼と話している時は、普段より肩の力が抜けている。

　妬けてしまうほどの信頼、その証。

　もしも彼がレスタミア王国の人間ではなかったら、間違いなく殿下の親衛隊に入っていることだろう。

　飄々としている性格は、ガルドさんやダンさんと相性がよさそうだ。

「フレアちゃん……だったよね？」

「あ、はい」

「この国は初めて？」

「そうです。ずっと王都にいたので、遠出する機会も中々ありませんでしたから」

「そっかぁ。魔導具師って大変そうだもんね。うちにも何人かいるけど、みんな毎日忙しそうにしているしさ」

「そうなんですね」

アラタさんは気兼ねなく私にも話しかけてくれる。平民という身分からか、私もそこまで緊張せずに受け答えができていた。

いいや、これもきっと彼の持つ大らかで人当たりのいい雰囲気の影響だろう。まだ出会って間もないのに、彼との会話は落ち着く。

「ここはいい国ですよ。景色もいいし、空気もいいし、ご飯も美味しい。住めば都なんてよく言われてますからね」

「そうなんですね。確かにオルソラの王都と似ているし、初めてだけど過ごしやすそうだとは思いました」

「そうそう。似すぎて逆に旅をしてるって、感じは薄いけどね」

「かもしれませんね」

「……距離が近い」

私とアラタさんの会話に、殿下が強引に割って入ってくる。比喩ではなく、私たちの間にするっと身体を入れた。

「で、殿下？」

「おっと、焼きもちですか？　殿下」

「……別に」

「わかりやすい人ですね。俺がフレアちゃんと楽し気に話しているから、焼きもちやいちゃったみたいですよ」

　そうなの？

　私はちょっぴり驚きながら殿下に視線を向ける。目が合って、殿下は恥ずかしそうに目を逸らしてしまった。

「あ、それとも俺が取られそうで嫉妬してくれたんですか？」

「そんなわけないだろ」

「ですよね。大丈夫ですよ、殿下の想い人に手を出すほど、俺も無謀じゃないですから」

「っ、こいつ……」

　一方的に殿下がからかわれて遊ばれているところなんて、アラタさん以外で見たことがない。口ではアラタさんが一枚上手らしい。

　ムキになって言い返そうとしたり、むくれる殿下はちょっと可愛いと思った。

「さぁこちらですよ。中で陛下がお待ちです」

　いつの間にか、私たちは目的の部屋の前にたどり着いていた。国王が座り、謁見するための仰々しい場所は、どこのお城にもあるらしい。

「それでは、また後で話しましょう」

「はい。ありがとうございます」

「暇ならガルドたちを手伝ってやってくれ」

「かしこまりました」

アラタさんは優しく微笑み、私たちの前から去っていく。つかみどころのない自由な人だ。

「いつかあいつの弱みを握ってやりたいな」

「ふふっ、殿下がムキになるのって、アラタさんくらいですね」

「……そうかもな」

殿下は呆れて笑い、深呼吸をして扉のほうを向く。

「行こうか。今さらいう必要はないと思うが、失礼のないように」

「はい」

アラタさんのおかげで、緊張はすでに和らいでいた。

私たちは国王が待つ部屋に入る。赤い絨毯の先に玉座があり、そこにレスタミア国王、エデル・ルエスタンが座っていた。

「ようこそ我が国へ、こうして顔を合わせるのは一年ぶりですか？　ユリウス王子」

「はい。お久しぶりです、レスタミア国王」

互いに挨拶を交わし、私も頭を下げる。

予想していたよりも若いお方だった。オルソラ王国の国王、つまりユリウス殿下の御父上は高齢で、今年で五十を超えたはずだ。

それに比べると、レスタミア国王は一回りほど若い。少なくとも見た目から、そこまで威圧感は覚えなかった。

「その者が、新しい親衛隊の方ですね」

「はい。フレア・ロースター。我が親衛隊の魔導具師です」

「魔導具師、では彼女がルーレウトの街を呪いから解放したという」

「よくご存じですね」

レスタミア国王は微笑み、続ける。

「隣国のことですので。特に、同じ脅威にさらされているとなれば」

「……ラプラス、ですね」

「ええ、ここへ来てくれたということは、手紙は受け取ってくれたということですね」

「はい。事情は伺っております」

国際犯罪組織ラプラス。その魔の手は私たちの国だけではなく、隣国にも及んでいる。ラプラスの恐ろしいところは、国境をまたいで活動し、未だ全貌が掴めていないところだ。

そのラプラスの動向が掴めるかもしれない。

レスタミア国王から殿下に渡された手紙には、この国にいるもう一つの組織との繋がりが記されていた。

「三年ほど前からです。辺境の土地で貴族の屋敷が襲撃される事件が多発しました。目撃者によれば、十数名の男女の犯行。ただの盗賊かと思いましたが、人には一切手を出さず、金品だけを奪っていき、それを貧しい村の人間に配っているようです」

「義賊、ですか」

「ええ、我々だけでなく国民の一部もそう呼んでいます。貧しい人間からすれば、まさに救世主でしょう。被害にあった貴族は、悪い噂も多かった。やり方は強引ですが、彼らは完全な悪ではない、と私は思っておりました」

　しかし、とレスタミア国王は続ける。

　その義賊たちが近年、勢力を拡大している。その背景にあるのは、犯罪組織ラプラスと手を組んだからだという可能性が浮かび上がった。

「根拠はあるのですか？」

「彼らが出没する範囲やタイミングが、ラプラスの動向と重なっているのですよ。しかも一度や二度ではありません。ここ一年はずっと、まるで一緒に行動しているように」

「そうですか。活動の内容は？」

「変わっていません。ただ少々、小競り合いは増えているようです。積極的に人を襲うことはありませんが、兵力を増やしているという噂もあります。もしも彼らが手を組んだとすれば、これ以上放置はできません」

「だからルーレウトの件を耳にして、私たちに協力を依頼したというわけですね」

　レスタミア国王は小さく頷く。

　僅かに、私のほうに視線を向けて、すぐに殿下のほうへと戻した。

「実は私どもの国でも、いくつか不可解な病が広がっている街があります。調査を進めている中で、呪いに関係していることがわかりました」

「それは本当ですか？」

「ええ、ただ一部の人間しか知りません。余計な混乱を招きたくありません。可能なら速やかに解決したい」

「……わかりました。そういうことなら喜んで協力します。我々にとっても無関係ではありませんから」

呪いやラプラスが関わっているなら、殿下を呪った残りの人物にも繋がるかもしれない。

殿下はレスタミア国王に、ラプラスや呪いについての情報提供をお願いし、国王は喜んでそれに同意した。

「心から感謝する。共に協力し、巨悪を暴き、人々の暮らしを守ろう」

「はい。それが私たち王族の務めです」

◇◇◇

滞在から二日後。

私たちは王都の北に位置するラプールという街を訪れていた。これまでの出没傾向や行動範囲から、次にラプラスと義賊が現れる位置を予測。

私たち親衛隊と、レスタミア王国の騎士たちは市民に扮し、彼らが侵略に訪れるのを待っている状況である。

急遽借りた宿屋の一室で、その時が来るのを待っている。

「もどかしいぜ。本当にここでいいのかよ」

「予測通りならほぼ確実です」

「我慢しなさいよ。いきなり暴れるんじゃないわよ？」

「そうっすよ。オイラたちは部外者みたいなもんなんすからね？　ここで変に暴れたら国際問題になるっす」

今すぐにでも暴れたいガルドさんを、三人がなだめている。

その横で殿下とネロ君は落ち着いてお茶を飲んでいた。

「どの街も発展している。よほど技術者に恵まれたのだろうな」

「技術なら、ネロのいた時代のほうが上じゃないのか？」

「どういう技術かによる。こと戦争、争いに関してはあの時代のほうが優れていたかもしれん。だが、日々の生活に魔法や魔導を活用などしていなかった。やっていてもごく一部、ここまで一般に広まってはいない」

「改めて時代の差を感じるな」

二人は同時にお茶を飲み干す。その様子を見ながら、私はちょっぴり呆れる。

「二人とも落ち着いているね」

「ん？」

「そういうお前も慌ててはいないだろう？　ボクたちが異常みたいな言い方はやめてもらおう」

「異常とは思ってないよ。それに、これでも緊張してるんだから」

「緊張してるのか？」

「はい」

情けない話だけど、こういう経験はまだ浅く、戦いになるかもしれないと考えると、どうしても不安が過る。

「ボクはお前が一緒にいることに驚いているがな」

「あ、そうですね。殿下も参加されるんですか？」

「不満か？」

「い、いえ、そういうわけじゃ」

「ははっ、悪いな。意地悪をしてしまった。心配してくれてありがとう」

殿下は優しく微笑むと、そのまま続ける。

「ここは他国。何が起こるかわからない。皆と一緒にいるほうが安全だと判断した。それに、これでも剣の心得はある。そこらの騎士より腕は上だぞ。いざとなったら、君のことも俺が守るよ」

「殿下……」

「この状況でイチャつくとは、やはり緊張していないな」

「そ、そんなことないって！」

不覚にも殿下の男らしさにときめいてしまったのは事実で、私はごまかすために話題を変えようと思考をめぐらす。

「あ、そういえば、アラタさんは参加されないんですね」

「……あいつは近衛兵だ。王城を守るのが役割だからな」

「そうなんですね」

発言してから後悔する。この話題は失敗だったなと。

アラタさんの名前を出した途端、殿下は子供みたいにムスッとした表情を見せた。

「そんなにあいつが気になるか？」

「い、いえ、そういうわけじゃないんですが……話題を変えようと思って」

「そうイジメるな。心配せずとも、フレアはお前のことばかり考えているぞ。会えない時は特に、いつ会えるのかソワソワしている」

「ネ、ネロ君！」

「――そうか。なら許そう」

「殿下まで……もう……」

恥ずかしさに顔が赤くなる。

自分から言い出したことだけど、こんな状況なのに、いつ戦いが始まるかわからないのに、ここまでのんびりしていて大丈夫なのだろうか。

緊張し過ぎてもよくないけど、マイペース過ぎるのもよくない気がした。そんなことより、早く顔の熱が冷めてほしいと思っていると。

「お、動きがあったみたいだぜ！」

ガルドさんの一言で、殿下とネロ君の表情が一変する。

「来たか？」

「そのようだな。街が慌ただしい」

私たちは建物の中から外を観察する。

武器を持った野蛮な男たちが街に押し寄せ、飲食店や商店、街の人たちを襲い始めていた。

「こっちの奴らは大胆だな」

「目的が違うのでしょうね。ルーレウトは実験場だった。ですがここは……」

「ただ略奪する場ってことでしょ」

「胸糞悪いっすね。隊長！」

「おう！　殿下、騎士たちが動き出した。俺らも行くぜ！」

「ああ、やり過ぎないように注意しろ」

ガルドさんはニヤリと笑みを浮かべ、建物の扉を豪快に押し開ける。

「そいつは相手次第だな！」

ガルドさんが飛び出し、他の親衛隊のみんなも出陣する。街にはラプラスの構成員らしき男たちと、王国の騎士団がごった返していた。

騎士たちは街の人々の避難を優先しつつ、ラプラスのメンバーが逃げられないように街を包囲し、戦闘を繰り広げている。

私たち親衛隊もそれに加わっていた。

「なんだこいつら！　新手がいやがるぞ！」

「あの紋章……隣国の騎士団か！」

「ちょっと違うな！　俺たちは第二王子付きの親衛隊だぜ！」

「ご丁寧に名乗らなくてもいいですよ。どうせ捕まえてから尋問するんですから」

戦場は混乱している。

私は殿下とネロ君と共に後方で怪我人の手当てを手伝ったり、街の人々が逃げる手助けに注力する。

戦況的にはこちらが優勢であり、時間をかければラプラスを鎮圧できそうな空気を感じる。

しかし、この戦場に新しい風が吹く。

「なんだ？」

「新手のようですね……」

「来たんじゃない？　例の義賊さんが」

「そうみたいっすよ！」

親衛隊のみんなが先に気付き、殿下も突然現れた義賊たちに視線を向ける。

「あれが義賊……？」

「情報ではラプラスと共闘しているということだったが、これはむしろ逆だな」

「戦って、ますね」

　私たちの目にはハッキリと、ラプラスの構成員と戦う義賊の姿が映っていた。一見似たような服装だから、仲間割れにも思える。

　ラプラスの構成員は黒いローブを纏っていて、義賊たちはそれを身に着けておらず、全員が顔を隠している。

「協力しているわけじゃなかったのか」

「街の人たちを守っているんじゃないですか？」

「だとすればこちらと手を――伏せろフレア！」

「え？」

　殿下が強引に私の頭を下げさせる。ひゅっと何かが風を切った音がして、足元に矢が突き刺さっている。

　今、この矢が私の顔の横を通り過ぎたのだと思うと、ぞっとした。

「チッ、外したか」

「何やってんだい！　あれは盗賊連中じゃないよ！」

「いてっ！　すみません、なんか服装的に貴族っぽいし、やっていいかなと思って」

「いいわけないだろ。ったく、貴族なら誰でも攻撃……し、て……」

「あいつらか」

屋根の上から義賊の男女が私たちのことを弓矢で狙っていた。女性のほうが男の人に注意しているのがわかる。

なぜだろう。

さっきから女性が、じっと私のことを見つめている。その視線に、姿に、どこか懐かしさのようなものを感じた。

「――フレア?」

「え?」

女性の口から、私の名が聞こえて来た。直後、激しい爆発音が鳴り響いた。その音を最後に、戦場はさらに激しさを増して……私の意識は闇に沈んでいった。


その後どうなったのか。

殿下や親衛隊、ネロ君たちのことも、まったくわからない。

第五章　懐かしき人

ポツリ、と、水が頬に触れた感触がある。

冷たさに目が覚めると、そこは見慣れない天井だった。数秒、状況を理解するのに時間がかかってしまい、私はゆっくり起き上がる。

「ここは……？」

「気が付いたみたいね」

「え、あ、貴女は……」

私が眠っていたのは古びたベッドだった。その横に顔を出したのは、殿下ではなく女性で、私たちと街で戦っていた義賊の一人。

戦場で顔を合わせて、なぜか私の名前を口にした。どうして彼女がここにいて、他のみんながいないのか。急に不安が過る。

「み、みんなは？　ここは一体」

「落ち着け」

「――！　その声……ネロ君？」

彼女の後ろからひょっこりと、ネロ君が顔を出す。これほど安堵したのはいつ以来だろう。ネロ君の顔を見て、不安が少し和らいだ。

「こいつらは敵ではない。それはボクが保証しよう」

「えっと、どういうこと？　他のみんなは一緒じゃないの？　それにここは……」

「覚えていないの？　何があったのか」

「え……？　痛っ」

急に頭痛がして、私は頭を抑える。

すると義賊の女性が近寄り、私の頭と身体を支えてくれた。

「大丈夫？　痛むの？」

「少し……」

「無理もないわね。結構激しく頭を打ったみたいだし」

「頭を……？」

「心配するな。傷はボクの魔法で治癒してある。痛みも一時的なショックのようなものだ」

どうやら私は頭を打ち、怪我をして眠っていたらしい。そこまで聞いても、どうして怪我をしたのか思い出せなかった。

確かこの人と対面して、その直後に大きな音がして……そこから記憶がない。

「何があったのか教えてもらえませんか？」

「ラプラスの連中、街中に爆弾を仕掛けてたのよ」

「ば、爆弾⁉」

「そうよ。私たちはそれに巻き込まれちゃったの」

最後に聞こえた音は、ラプラスが仕掛けた爆弾の爆発音だったのか。

「街の地下には水路が敷かれていた。そこにラプラスは複数の爆弾をしかけて、一つが作動すれば連続で爆発するように細工をしていたようだな」

「大変だったわ。地下が大爆発して地面が崩れて、街そのものがぐちゃぐちゃになったのよ。まぁその混乱のおかげで、私たちも逃げられたけどね」

「そんなことが……！　殿下たちは⁉」

「心配するな。ユリウスたちは無事だ。イリスが魔法で結界を張り守っていたからな。お前は爆発の衝撃で彼らと離れてしまった。だからボクが単独で守った」

「そう……だったんだ」

　よかった。殿下たちも無事ならそれでいい。ホッとしつつ、私はネロ君にお礼を言う。

「守ってくれてありがとう、ネロ君」

「当然のことをしたまでだ。ついでに、近くにいたこいつらもまとめて保護した。どうやら、お前と無関係でもないみたいだぞ」

「え？　それって……」

「覚えてない？　フレア」

　また、彼女は私の名前を呼んだ。

　どこか懐かしくて、遠い記憶の端に、その声を覚えている気がする。けれどぼんやりとしていて思い出せない。

「えっと……」

「まぁそうよね。まだ小さかったし覚えてなくても当然ね。ちょっと残念だけど」

「す、すみません……」

「いいわよ。じゃあ改めて自己紹介しましょう」

彼女はごほんと咳ばらいを一回して、とびきり明るい笑顔で私に言う。

「私はサレナ。あなたの母親、カレナの妹よ」

「――お母さんの、妹？」

「そう。血縁上はあなたの叔母ってことになるわね」

「叔母……サレナ……サレナ叔母さん？」

「あ、その呼ばれ方は懐かしいわね」

彼女は笑う。私は知っている。この笑顔を……。

少しずつ思い出してきた。私がロースター家に迎え入れられる前のこと。三歳くらいまで私は祖父母に育てて貰っていた。

ロースター家に入る少し前に、私と祖父母の家に遊びに来るお姉さんがいて、その人のことを、私はサレナ叔母さんと呼んでいた。

祖父母からも、この人がお母さんの妹だということは聞いていた気がする。

小さい頃の記憶だから曖昧だけど、こうして名前を聞いて、声を聞いて、懐かしい笑顔を見せてもらって、あの頃の記憶が蘇る。

「本当に……サレナ叔母さんなんですか？」

「そうよ。びっくりしたわ。まさかこんなところでフレアに会うなんてね」

「それは！」

こっちのセリフだと言いたくなった。

彼女がサレナ叔母さんだとわかって嬉しい気持ち以上に、どうして彼女がこの国に、しかも義賊としているのか疑問が浮かぶ。

私の疑問は表情から溢れて彼女に伝わったらしい。

サレナ叔母さんはちょっぴり申し訳なさそうな表情で自分の頬に触れ、一回小さく深呼吸をしてから話し始める。

「私は元々この国の出身なのよ」

「え？　そうだったんですか？」

「ええ、あなたのお母さんもね。この国で生まれたの」

「お母さんも……」

つまりこの国は、私にとっても第二の故郷のような場所……なのだろうか。これまで関わりがなかったから、まったく実感が湧かない。

そもそも今回訪れるまで一度も来たことがなかったのに、今さら故郷なんて思うのは烏滸《おこ》がましいと思う。

でも、お母さんの生まれ故郷だと知れたのは嬉しかった。

私のお母さんは、私が生まれてすぐに病で亡くなった。元々身体があまり強くなくて、私を生むのも無理をしてくれたらしい。

だから私は、お母さんの顔を見たことがない。声も、温もりも……知らないまま育った。

私にとってお母さんの面影をたどれるものは、自分自身の顔と、お母さんの妹であるサレナ叔母さんだけだった。

「私とあなたのお母さん、カレナは仕事で隣の国、つまりあなたが今暮らしている王都に来ていたの。その時に、カレナはあなたのお父さんと関係を持った。私も後で知って驚いたわ」

「そうだったんですね。サレナ叔母さんは、その、お父さんとは……」

「会ったことないわ。会いたくもない。無責任に子供を産ませて放置したくせに、後になって娘を奪っていくような男なんて」

「……」

「ごめんなさい。あなたのお父さんを悪く言ったわ」

「いえ、実際その通りだと……思いますから」

お父さんのことを悪く言われても、私は何も思わない。ひどい娘だということは自覚している。

けれど私は、ロースター家に引き取られてから家族として扱われていなかった。お父さんも、周りの人たちも、腫物に触れるみたいに……。

あの家を心地いいなんて思えたことは一度もなかった。

もし叶うなら、祖父母の家で何も知らないまま、平穏に生きていたかったとも思う。今は、殿下と出会うことができて幸せだけど。

「急に連れていかれて大変だったわよね。嫌なことされなかった？」

「大丈夫です。いろいろありましたけど、今は幸せです」

「――そう。強い子ね。カレナとよく似ているわ」

サレナ叔母さんはしみじみと噛みしめるように私を見つめている。私の中に、お母さんの面影を感じてくれているのだろうか。

話を続ける中で、徐々に昔のことを思い出し、サレナ叔母さんがとても優しくて明るい人だったことを思い出した。

だからこそ、改めて疑問を抱く。どうして……。

「サレナ叔母さん、どうして義賊をしているんですか？」

「……こっちもいろいろあったのよ」

「いろいろ……」

「そう、本当にいろいろ。私は元から貴族が嫌いだった。私たちが生まれた村は、ある意地悪な領主がいてね？　その領主がとにかく酷い人で、ロクに何もしないくせに、高いお金を村人から奪ってたの。私たちの家も、お金を稼ぐために働いて……両親は働けない精神状態になってしまったわ」

寂しそうな表情でサレナ叔母さんは教えてくれた。

私も知らなかった彼女の、お母さんたちの過去を。この国の貧しい村に生まれ、領主の横暴によって生活は苦しくなり、その果てに普通に暮らすことすらできなくなった。

唯一の救いは、子供の存在があったことだろう。もしも子の存在がなければ、孤独に押しつぶされ、生きる意味すら失ってしまったはずだ。

それでも若くして両親が働けなくなった二人は、こんな場所では飢えて死ぬだけだと思った。そうして両親を連れて村を出て、自分たちの力で生きていくことに決めたらしい。

オルソラ王国にたどり着いてからも働いて、なんとか生活できるようになった。

そうして私が生まれ、お母さんは天国へと旅立った。残されたサレナ叔母さんは、私を育てるためのお金を稼ぐために、お母さんの分も働いた。

「サレナ叔母さんが私のために？　そうだったなんて知りませんでした」

「言わなかったからね。別に気にしなくていいわ。私がしたくてそうしていた。カレナが残したあなたという宝を、私なりに守りたかったのよ」

「サレナ叔母さん……」

感謝してもし足りない。

私が知らないところで、私のために汗水を垂らして働いてくれていたことを。今から恩返しができないかと考える。

「でも、あなたは貴族の男の家に迎え入れられた。複雑な気持ちだったけど、それでいいと思ったわ。貴族の家のほうが、お金に困らず生活できる。実際はどうかしらないけどね」

「……」

　実際はサレナ叔母さんが思うようにはならなかった。口に出して伝えなくても、私の反応から叔母さんは察してくれたらしい。

　彼女は私の頭を優しく撫でてくれた。

「苦労したわね」

「……はい」

「私は貴族が嫌いよ。カレナのことでもっと嫌いになって、いろんな場所を旅しながら、卑しい貴族たちに苦しめられる人をたくさん見てきた。このままじゃダメだと思ったのよ」

「それで、義賊に？」

「ええ。ほとんど成り行きだったわ。でも、彼らは必死に生きていた。横暴な貴族のやり方に抗っていた。私も協力したいと思ったの」

　サレナ叔母さんが所属する義賊は、元々は卑しい貴族によって迫害され、まともな生活すらできなくなった人々が、助け合うために結成した集団だったらしい。

　ただ耐えているだけでは何も変わらない。自分たちと同じような想いをする人が増え続けるなら、武器を持って立ち上がろう。

　そうして悪い貴族たちから金品を奪い、貧しい人々に配るようになったとか。

「もちろん相手は選んでいるわ。貴族だから悪いわけじゃない。悪い貴族がいるだけなのもわかってる。それでも貴族は全部嫌いだけどね」

そう言って彼女は笑う。きっと後ろめたさは感じているのだろう。そういう複雑な想いのこもった笑顔に感じた。

「じゃあラプラスは？　どうして一緒に行動していたんですか？」

「一緒に行動してたわけじゃないわ。あいつらが街を襲っていたから追い払おうとしていただけよ。あんな野蛮な連中と協力なんてしないわよ」

「……そうですよね。よかった」

　心からホッとする。

　サレナ叔母さんたち義賊が、ラプラスの構成員と争っている様子は思い出せた。彼女たちはラプラスとは無関係だ。

　一緒に行動したように見えたのも、出没場所が被っているのも、彼女たちなりにラプラスを追い詰めようとしていたからだ。

「まったく心外よ。私たちがあんなのと一緒にされるなんて」

「ご、ごめんなさい。そういう噂があるみたいで」

「フレアが謝らなくていいわ。国王も何を考えているのかしらね。国民が貴族に苦しめられているのに、何もしようとしない。あの人は国民じゃなく貴族の味方なのよ」

「……」

　国王の顔が頭に過る。

　まだ記憶に新しく、印象や声色はハッキリと覚えている。あの人はサレナ叔母さんたちのしていることを、どう思っているのだろうか。

やり方は正しいとは言えないけど、貴族の横暴さに苦しめられている人がいるのだとしたら、それを放置していいわけがない。

少なくとも殿下なら、あの人ならきっと放っておかない。

この国は私たちの国とよく似ている。けれど、似ているのは外見だけで、中身はまったくの別物なのかもしれない。

「私の話はここまでよ。今度はフレア、あなたのことを教えてちょうだい。あの日から、ロースター家に入ってからどうだったの？　いろいろあったんでしょ？」

「はい。いろいろありました」

「それを聞かせて。知りたいわ」

私も聞いてほしい。そう思って口を開こうとした時、部屋の扉がバタンと大きな音を立てて開き、慌てた一人の男性が入ってきた。

「姉さん大変ですよ！」

「ちょっ、今いいところなのに邪魔しないで！」

「何がですか！　って、あ、眼が覚めたんですね。姉さんの娘さん？」

「私じゃなくて姉の娘よ」

「あーなるほど。って、そんなことはどうでもいいんですよ！　大変です！」

「さっきから何よ」

サレナ叔母さんは大きくため息をこぼし、騒がしくてごめんね、と私に謝った。扉を開けて入ってきた男性は、あの街でサレナ叔母さんと一緒にいた人だ。

「いいから聞いてくださいって！」

「うるさいわよ、ジーン。聞いてあげるからゆっくりしゃべりなさい。まず深呼吸」

ジーンさんは言われた通りに深呼吸をしている。なんだかダンさんに似ている気がして、悪い人じゃなさそうだなと印象を抱く。

この人もサレナ叔母さんと同じように、貴族たちの蛮行から人々を守るために戦っているのだろうか。

「落ち着いたら話しなさい」

「はい。さっき捕えたラプラスのメンバーが妙なことを言ってます」

「妙なこと？」

「はい。奴ら国王を暗殺する計画を立ててやがったんです」

「――！　本当なの？」

「国王様を⁉」

私とサレナ叔母さんは目を丸くして互いの顔を見合う。サレナ叔母さんは驚きながらジーンさんに言う。

「だとしても、私たちには関係ないことよ」

「サレナ叔母さん？」

「私たちは貴族を許さない。貴族の味方をする国王も、私たちにとっては敵に近い。ラプラスは気に食わないけど、国王を狙うなら邪魔はしないわ」

「……」

サレナ叔母さんは冷たい視線でそう言い切る。悲しいことだけど、サレナ叔母さんの立場からすれば、国王を守る義務はない。

今までのように国民が危険にさらされないのなら。

「国王が暗殺されれば、この国は崩壊するぞ」

「ネロ君」

「いいじゃない。そうなれば、みんな自由に生きられるわ」

「そんな簡単に進むわけがないだろう？　国の象徴である王がいなくなれば、これまで守られてきた秩序も崩壊する。盗み、殺人、誘拐……王政が成り立っていたからこそ制御できていたものがすべて解放され、今より酷い有様になるぞ」

偉大な魔法使いであり、元国王のネロ君だから断言できるのだろう。

彼は冷たく厳しい表情で叔母さんに言う。

「王はただの象徴ではない。その存在が国民を危険から守っている。お前たちから見れば悪かもしれないが、社会は秩序で守られていることを忘れるな」

「っ……生意気なことという子供ね。今さらけどフレア、この子は何？」

「私の助手です。とっても頼りになるんですよ」

「助手ね……」

「ネロだ」

「……まぁいいわ。確かに、あなたの言うことも一理あるわ、ネロ。だからって、私たちが助けに行く必要はないわよ。国王は王城にいる。あそこほど厳重に警備された場所はないわ」

「それが大変なんですよ！　ラプラスの奴ら、俺らのふりして国王を襲う気でいるんです！」

「……はっ？」

　サレナ叔母さんの表情が一変する。

　どこか落ち着きを残していた彼女の額から、汗がすーっと垂れて落ちる。

「冗談でしょ？　なんでそんなことするのよ」

「お前たちが邪魔をしたからだろうな。連中からすれば、お前たちは活動の障害でしかない。この機会に潰そうと考えているのだろう」

「ふざけんじゃないわよ。そんなことしたら、私たちが国に狙われる。国そのものが敵になるじゃない」

「そこが狙いだろうな。上手くいけば、国王も殺し、その犯人をお前たちにできる。そうなれば国民の不安はお前たちに向き、他国からも敵視される」

　ネロ君は淡々と説明を続ける。

　今、ラプラスは世界的に注目を集めている組織だ。どこの国も、ラプラスを排除するために行動を起こしている。

　そんな中で新たに、世界の敵となる組織が現れたら、一時的にでもラプラスへの意識が新しい組織に分散する。

　そうなれば自分たちが動きやすくなり、更なる悪行を企てる準備も捗る。彼らはサレナ叔母さんたちを、囮《おとり》として利用するつもりでいるらしい。

　ネロ君の話を聞いたサレナ叔母さんは、顔を赤くして怒る。

「ありえないわ。ラプラスの連中、つくづくクズね！　貴族よりムカついてきたわよ」

「どうしますか？」

「どうもこうもないでしょ。止めるわよ！　全員王都へ行く準備をしなさい！」

「了解です！」

「私たちも行きます。王都には殿下たちもいるはずです。そのことを知らせないと」

　きっと心配しているはずだ。

　早く安心させたい。無事であることを、サレナ叔母さんたちが敵じゃないことを知らせたい。何よりも、早く会いたい。

「ユリウス王子……一緒にいた男よね。王族なんて信用できるの？」

「はい。殿下はとても優しくて、頼りになる人です」

「……そう。じゃあ、一応信じるわ。騙されているんなら、私が目を覚まさせてあげる」

「大丈夫です、きっと」

　話せばすぐにわかり合えるはずだ。

やり方は違うけど、殿下も国民の生活を第一に考えている。思想は近しいはずだ。それに、私にとって唯一、味方だと思える肉親を、早く紹介したかった。

◇◇◇

ラプールの街が爆弾によって崩壊した後、ユリウスら親衛隊はレスタミアの王都に帰還した。

幸いなことに被害はごく少数であり、死者も出ていない。

親衛隊を含む現地の騎士たちが、迅速に対応したのが功を奏した。

だがその分、行方不明者の捜索は遅れてしまっていた。

「もう待ってらんねーよ！　俺らで探しに行くぜ！」

「待ってください。気持ちはわかりますが落ち着いて考えましょう」

「レスト！　お前は落ち着きすぎなんだよ！　フレアが心配じゃねーのか！」

「もちろん心配です。ですが闇雲に探しても見つけられないでしょう？」

「んなもん、探してみねーとわかんねーだろうが」

ガルドとレストは意見の食い違いでもめていた。それを見ながらため息をこぼすイリス。彼女は街での救助活動で魔法を使いすぎ、少々疲れていた。

ダンはアタフタしながら二人を止めるべきか迷っている。

フレアが行方不明になったのは一昨日のことである。すぐにでも捜索に出るべきだとガルドは主張したが、ラプールの街から避難してきた市民を王都に受け入れたり、破壊された建物から救出する作業は、今も続いている。

加えて街を爆破するという大規模な侵略行為を目の当たりにしたことで、国王は慎重に対応すべきだと判断。

来客であるユリウスたちの安全を考慮し、しばらく王城で待機するように指示を出し、彼らはそれに従っていた。

しかし、ガルドはそれに納得していなかった。

「もういい！　俺一人でも探しに行ってやるよ」

「やめろ、ガルド」

「――！　殿下……」

「落ち着け。レストの言う通りだ」

ユリウスは椅子に腰かけ、窓を見つめながら続ける。

「無闇に探しても見つからない。行った先でまた爆破に巻き込まれたら、今度こそ誰かが死ぬかもしれない。ここは俺たちの国じゃないんだ。勝手に動いて、余計な被害が出たらどうする？」

「それは……けどよ！」

「フレアなら心配いらない。あれでしっかりしているし、ネロも一緒にいるだろう。あの二人なら間違いなく無事だ。ひょっとすると、そのうち戻ってくるかもな」

「……本当は自分が一番心配なくせに」

「――！　そう思うなら我慢してくれ。俺も我慢しているんだ」

「……わかったよ」

ガルドを抑制しながらも、内心では誰よりもフレアの身を案じているのはユリウスである。本当なら今すぐに駆け出したい。

しかし王子という立場、他国という環境、街を爆破されるという予想外の出来事が重なり、身動きが取れずにいた。

加えてフレアの名前を知っていた義賊のことを思い出し、気が気ではない。

「フレア……」

無事であることは間違いないだろう。

それでも心配しない理由にはならず、ユリウスの中で不安は大きく成長する。あと数日、彼女が戻らなければ、ユリウスはこの城を飛び出すだろう。

例え誰が止めようと、フレアを探すために動くことを、彼自身が理解していた。

それまでに動きがあってほしいと内心で感じている。

そこへ良くも悪くも、事態が動き出す知らせが届いた。


――義賊が国王暗殺を企てている。

捕らえた義賊が口を割り、近いうちに国王暗殺を企てていることが判明。ラプールの大爆発も義賊が仕掛けた爆弾が原因であり、ラプールの対処で王城の警備が手薄になるタイミングを狙う。という嘘を、義賊に偽装したラプラスの構成員が広めてしまった。

そうしている間に、王都に武器を持った集団が押し寄せてくる。

案の定、ラプールの対処で多くの騎士が出張っており、王都および王城の警備は普段よりも手薄になっていた。

その隙をつき、義賊に偽装したラプラスの構成員は王都に侵入し、まっすぐに王城へ侵略を開始する。

「本当にきやがったぞ！　殿下！」

「ああ、お前たちも迎撃に加われ！　彼らの中に、フレアの動向を知る者がいるかもしれない。可能なら捕えて情報を聞き出すんだ」

「了解した！　やっと暴れられるぜ」

ガルドたち親衛隊も、王城の防衛に参加する。

王城では不意をつかれたものの、普段から王城を警備する近衛兵たちが奮闘し、場内への進入を防いでいた。

「ったくもう！　こんな時に攻めてくるとか……」

「こんな時だからだろう？」

「あ、殿下も来てくれたんですね！」

近衛兵として侵入者と戦うアラタたちの元に、ユリウスを含む親衛隊が到着。共同戦線を張りながら防衛を続ける。

　その三十分後——

「伝令！　新たな侵入者がいます！」

「な、増援ですか？」

「いえ、それがどうやら、新たに現れた者たちは我々の味方をしているようで……」

　報告に現れた近衛兵の男も困惑していた。

　知らせによると、さらに現れたのも義賊のようだが、先に攻撃をしかけていた義賊たちと戦闘を始めているという。

「んだよ、仲間割れか？」

「ここにきてそれは意味がわかりませんね」

「……アラタ、ここは任せてもいいか？」

「え、いいですけど、どうするんですか？　殿下は」

「そいつらを確認しに行く。実際に見れば奴らの真意もわかるかもしれないからな。それに……」

「殿下？」

「いや、とにかくここは任せる。行くぞ」

　ユリウスはガルドたちに指示を出し、新たに現れた義賊たちがいるという場所に向かう。王城には二つの入り口があり、ユリウスたちが防衛していたのは正門。新たに義賊が現れたのは反対側に位置する裏門だった。

「行ってどうするんだよ、どうせ戦うことになるぞ」

「まだわからない。この情報の混乱……もし意図的だとしたら、俺たちは大事なことを見落としているかもしれない」

「大事なこととは？」

走りながらレストが尋ねるが、ユリウスは数秒の沈黙を挟む。

「……わからない。ただ、胸騒ぎがするんだ」

不安の表情を浮かべるユリウスに、親衛隊の面々も言葉に表せない不安を感じ始める。自然と足が速くなり、現場にたどり着いた彼らは目撃する。

最初に声を上げたのは、もちろんユリウスだった。

「――フレア！」

「ネロもいやがる。あれって確か義賊側にいた女じゃねーか！」

「彼女たちに拉致されていたのでしょうか。それにしては……」

「拘束されているわけでもないわね」

「どういうことっすか？　まさかフレアさんが義賊になっちゃったとか？」

混乱する面々に、ようやくフレアが気づく。

「殿下！　皆さん！」

「やっときたか。遅いぞ」

「フレア、ネロも……」

「フレア！　再会を喜ぶのは後にしなさい！　今はこいつらを何とかするほうが先よ！」

「は、はい！」

ユリウスはフレアに指示する女の姿を目撃して、睨むように視線を向ける。それに気づいたフレアが慌ててユリウスに言う。

「違うんです殿下！　この人たちは敵じゃありません！」

「――！　どういうことだ？」

「説明を、うわ！」

「フレア！」

突然フレアの身体が浮かび上がり、ユリウスの元へと移動し始める。ネロが魔法で彼女を浮かせ、ユリウスの元へ運んでいた。

「ネロ君？」

「戦闘はボクがやる。お前はその心配性に説明してやるといい」

「あ、ありがとう！」

「そういうわけだ。上手く受け止めろ。王子らしく姫を落とすな」

「お前……！」

空中で浮遊効果は途切れて、フレアが落下する。ユリウスはネロの意図を察し、苛立ちながらもフレアの下に入り込み、落ちる彼女を抱きかかえた。

「殿下……」

「ったく、心配させるな」

「すみません。でも、無事でよかった」

「こっちのセリフだ」

こうして二日ぶりに、フレアとユリウスは再会した。

離れ離れになっていた時間は短い。しかし彼らにとって、そのわずかな時間が大きな不安と後悔を生んでいた。

無事を安堵し、触れ合える喜びを噛みしめるように、二人は抱きしめ合う。

◇◇◇

その頃、国王は執務室にいた。

外では戦闘が繰り広げられているが、王として慌てることなく、毅然とした態度でよき知らせを待っていた。

そこへ慌ただしい足音が鳴り響き、乱暴に扉が開く。

「――！　なんだお前たちは！」

「レスタミア国王だな」

「まさかお前たち……義賊の」

「貴様の命をもらい受ける。悪く思うな」

現れたのは武器を手にし、顔や姿をぼろ布で隠した怪しい男たちだった。国王は瞬時に敵だと気付き、テーブルに立てかけてあった剣を取る。

部屋の外にいた近衛兵の二人は、すでに殺されてしまっていた。

開いた扉の向こうで、血を流して倒れている死体が、国王の視界には映っている。

「私を殺して、この国を変えるつもりか？」

「……」

「そんなことをしても何も変わらない！　お前たちは木を見て森を見ていないのだ。私がどれだけ国民の生活を考えているか！」

「そんなことは関係ない。お前たち王族は、貴族は、存在するだけで悪だ。例外はなく、粛清するのみ」

「くっ……」

じわじわとにじり寄る男たちを前に、レスタミア国王は壁際まで追い込まれてしまう。絶体絶命の窮地に、覚悟を決めて剣を抜く。

「これも正義のために」

「勝手に正義を語ってんじゃないわよ！」

「がっ！」

「――！　なんだ？　貴様は……」

どさっと音を立てて、国王を殺そうとした男たちは気絶して行く。最後に残ったのは、明らかに風貌が違う女性だった。

「まったく、こんな形で国王を守るなんて思わなかったわよ」

「……何者だ？」

「本物よ。こいつらはラプラス、私たちが正義の味方」

「サレナ叔母さん！」

「あ、遅かったわね。フレア」

遅れてフレアが現場に駆け付け、走ってきた影響で呼吸を乱していた。

「フレア・ロースター？　これは一体……」

「ご安心ください陛下」

「ユリウス王子!?」

さらに少し遅れて、ユリウスが現場にやってくる。義賊の女、フレアとユリウスが一緒にいることに、国王も混乱していた。

「これは一体どういうことですか？」

「説明はします。その前に」

ユリウスはサレナに視線を向ける。

「そうね。私は先に行くわ。ここに長居はしたくないし……また後でね、フレア」

「はい。ありがとうございました！」

サレナは走り去り、それをユリウスたちは追わずに見送った。

「彼女は義賊ですね」

「はい、本物のほうの義賊です。倒れているのはラプラスの構成員です」

「ラプラスの！　本当なのですか？」

「ええ。私もさっき知ったばかりで驚いていますが……」

そう言いながら、ユリウスはフレアに視線を向け、フレアは優しく微笑み返す。

十数分前に遡《さかのぼ》る。

◆◆◆

「義賊が君の叔母⁉」

「はい。この人はサレナ叔母さん、私の母の妹です」

「……はぁ……」

「殿下？」

裏門付近で集まり、事情を説明すると、殿下は今まで見せたことがないほど盛大なため息をこぼし、肩から力が抜けるのがわかった。

「いや、安心と呆れが同時にきた。そんなこと予想もできなかったからな」

「私も驚きました。小さい頃の記憶だったので、一目見ただけじゃわからなかったです」

「私は一目でわかったわよ。目元なんかカレナにそっくりだもの」

「そうなんですね」

なんだか嬉しい。お母さんと似ているって言って貰えることが。戦いはまだ続いていて、安心できる状況じゃないけれど、ふいに笑みがこぼれる。

「とりあえず、彼女たちが敵じゃないのはわかった。こいつらがラプラスなんだな」

「はい」

「奴らの目的は国王の暗殺よ。このどさくさに紛れて何人か城内に進入したのを見たわ」

「本当か⁉」

「ええ、三人くらいね」

殿下は険しい表情を見せる。

「まずいな。城内の警備は特に手薄だ。かといってここを放置もできない」

悩む殿下を見て、私はサレナ叔母さんに視線を向ける。この状況で自由に動けるとしたら、義賊である叔母さんたちだ。

「サレナ叔母さん」

「……はぁ、仕方ないわね。あまり気は進まないけど、国王は私が守ってあげるわ」

「いいのか？」

「本当は嫌よ？　国王だって苦しむ国民から目を背けてる。私たちからすればラプラスと同罪……でも、可愛い姪《めい》の頼みだもの」

「サレナ叔母さん」

優しい笑顔を向けられて、私も笑顔を返す。そんな私たちのやり取りを見ながら、殿下は呆れたように笑って言う。

「――感謝する」

「別にいいわ。でも後で、フレアとどういう関係かは聞かせてもらうわよ」

「ちょっ、サレナ叔母さん！」

「親族として聞く権利があるわ。いいわね？」

「ああ、俺も小さい頃のフレアの話は聞きたいしな」

「殿下まで……」

こんな状況なのに笑い合い、緊張感の欠片もない。

そうしてサレナ叔母さんを筆頭に、私と殿下は王城の中へと戻った。外の戦いはガルドさんたちに任せて。

私は治癒系の魔導具もいくつか持っているから、けが人が出た時のために殿下たちと同行した。

◆◆◆

「つまり、王城に攻めこんできたのは義賊に偽装したラプラスだったと？　それを、本当の義賊が阻むために行動していた？」

「そういうことになります。これまで行動が一致していたのは、何も協力関係にあったわけではありません。むしろ逆です」

「ラプラスから街を守るために……騎士団よりも率先して戦っていたというのですか？」

「はい。我々は現に、ラプールの街でラプラスと交戦する彼らを見ています」

殿下の説明を聞いたレスタミア国王は驚愕した。

敵だと思っていた義賊の行動が、結果的に自分たちや街を救っていたのだから。けれど、冷静に考えればわかったはずのことだ。

悪い貴族から金品を奪い、それを貧しい人々に配っていたから義賊と呼ばれていた。そんな人たちが、本物の悪と手を結ぶなんてありえない。

陛下は深く、肩の力を落として呟く。

「どうやら私は、彼らについて思い違いをしていたようですね。彼らの行動は、単に現王政への反発に過ぎないと考えていました」

「彼らなりに、この国の未来を案じていたのでしょう。もちろん、やり方が正しかったとは私も思いませんが」

「ええ、ですがそれによって我々は救われていた。その事実からも目を背けるわけにはいきません。私はこの国の王、そして彼らも……この国の民です」

レスタミア国王は真剣なまなざしを向ける。

そこへ前線で戦っていた騎士数名が、戦闘を終えて陛下の元へ集まってきた。

「陛下！　ご無事ですか？」

「見ての通りだ。戦況はどうなった？」

「ほぼ無力化が完了しています。残るは途中で現れた義賊の援軍たちですが、彼らはいかがいたしましょうか？」

「……義賊に偽装していたラプラス構成員は速やかに捕縛せよ。義賊たちに関しては、此度は我々の味方だ。彼らから敵対しない限り、こちらも手を出さないように伝達。怪我人がいるようなら、共に手当てをしてほしい。今は……戦友として接しなさい」

「はっ！　伝達いたします」

私と殿下は互いに顔を見合わせて、安心したように微笑み合う。

レスタミア国王の慈悲を感じ、サレナ叔母さんたちの安全が確保されたことが嬉しかった。これで私も、サレナ叔母さんのことを紹介できそうだ。

◇◇◇

王城襲撃があった翌日の朝。

サレナ叔母さんは仲間の義賊たちを率いて、王城を後にしようとしていた。私と殿下は彼女たちを見送るため、王城の正門へと歩く。

「サレナ叔母さん！」

「ん？　フレア！　見送りに来てくれたの？　嬉しいわね」

ちょうど出発するタイミングだったようで、なんとかギリギリ間に合った。私は彼女のところに駆け寄り、息を整えて尋ねる。

「もう行ってしまうんですか？」

「ええ。そう長居するつもりは元からなかったわ。ここは王城、私たちにとっては敵地みたいなものよ」

「でも、今は陛下も」

「聞いたわ。意外と話が通じる人なのかもしれないと思ったわよ。でも、たった一回きりじゃ私たちは信じられないの」

「サレナ叔母さん……」

彼女たちが抱える貴族に対する不信感は、この戦いで拭えたわけじゃなかった。それでも、レスタミア国王は言っていた。

彼女たちについて思い違いをしていたらしいと。サレナ叔母さんたちは、ただ王政に反対しているだけではなかったと。それ故に、認識を改める必要がある。

昨日の戦いは、サレナ叔母さんたちの本心と叫びを、陛下に届けることができたらしい。

「ま、これからの行動に期待するわよ。それまでは活動を続けさせてもらうわ。この国に、私たちが必要なくなるまで」

「……きっと、すぐに来ると思います」

「そうだといいわね」

サレナ叔母さんはちょっぴり呆れたように笑顔を見せた。この笑顔もしばらく見ることができなくなる。

そう思うとやっぱり寂しくて、表情が暗くなる。

「……」

「そんな顔しない！　フレアは笑ってるほうが可愛いわよ」

「サレナ叔母さん……」

叔母さんに頭を撫でてもらって、少し乱暴だけど優しくて、懐かしさと温かさを感じて、心がポカポカする。

もしもお母さんがまだいてくれたら、きっとこんな風に……。

「ねぇ、フレア。そんなに寂しいなら、私たちと一緒に来る？」

「え？」

突然の提案に、私は口をパカッと開けて固まった。

サレナ叔母さんは心配した顔で続けて言う。

「貴族に貰われてから、大変な思いをしてきたのは聞いたわ。私も言えた立場じゃないけど、フレアのことが心配なのよ」

「サレナ叔母さん……」

「こっちも大変だけど、仲間たちは気のいい連中ばっかりだし、アジトには戦えない人たちもたくさん住んでる。豊かとは言えないけど、毎日楽しいわ」

サレナ叔母さんは私の手を両手で、優しく握る。

「どう？　フレアが望むなら、一緒に来てほしいと思ってるわ」

「……ありがとうございます」

サレナ叔母さんの気遣いは嬉しかった。でも、私は少しも迷わなかった。

「私は今いる場所が気に入っています」

「――それは、王城が？」

私は首を横に振る。

宮廷魔導具師であること、お城で暮らしていること。裕福な暮らしができるからとか、そういう理由で言っているんじゃない。

場所や待遇はもう関係ない。私はただ、一緒にいたい人がいるだけだ。

私は隣に視線を向ける。

今もこうして、私と一緒にいてくれる優しい王子様に。

「私は、殿下の傍にいられることが、何より幸せなんです」

「――フレア」

私はニコリと微笑む。少し恥ずかしいけど、隠しきれない本心を口にして。すると、殿下も私に応えるように、笑みをこぼす。

「俺も同じだよ。君が隣にいてくれるだけで幸せな気持ちになる。この先も共にいてほしい。君がいない人生なんて考えられない」

「殿下……嬉しいです。すごく」

　心が、意思が通じ合っていることが、私にとってはどんな宝石よりも輝いて見える。だからこそ、ここにいたい。

「……はぁ、あんたらいつもそんな感じなの？」

「え？　サレナ叔母さん？」

「内緒の関係なんでしょ？　そんなわかりやすくイチャイチャしてたら秒でバレるわよ」

「心配するな。他人の目がある場所では弁えている」

「私の前はいいわけ？」

「ああ。フレアの家族に隠すつもりはないさ」

　殿下は優しい笑みをこぼし、私とサレナ叔母さんを交互に見る。そんな殿下をじっと見つめて、大きくため息をこぼす。

「あーあ！　わかってたわよ。断られるってことくらい」

「なら、どうして聞いたんだ？」

「確かめたかったのよ。二人の本音を、散々何があったかは聞いたし、信頼し合っていることもわかっていたわ。でも、それだけじゃダメでしょ？　上司と部下じゃない。身分すら違う……男女の関係なら」

　きっと、お母さんのことを思い出しているに違いない。どこか寂しそうで、サレナ叔母さんは複雑な表情のまま、私に視線を向けて言う。

「本当、そっくりね、フレア。身分なんて気にしない。好きになったら、もう迷わないところも」

「――みたいですね」

「ふふっ、カレナはね？　一夜の関係だったけど後悔していなかったわ。あなたのお父さんのことを恨んでもいなかった」

　私のお母さんは喜んでいたらしい。お父さんとの子供を授かったことを。その子供と共に生きる資格を得たことを。

　一夜だけの関係で、捨てられたような立場なのに、一切の恨みはなく、生まれてくる生命に感謝をし続けていた。

　サレナ叔母さんはそう語ってくれた。

「私には正直、どうして笑えるのかわからなかったわ。でも、きっとフレア、今のあなたならわかるわよね」

「……はい」

　きっと、お母さんは本気でお父さんのことが好きだったのだろう。身分の違いも、普通には愛し合えないとわかっていたんだ。

　それでもお母さんは感謝していた。お父さんのほうは、私たちのことを恨んでいたかもしれないし、後悔もしていただろうけど。

　お母さんは後悔していなかった。たった一度の奇跡みたいな出会いがあって、私を生んでくれたことに、今は私も感謝しかしていない。

「身分の差が障害になっていることは、俺もよくわかっている」

「殿下」

「だからこそ一緒に乗り越えてみせる。いつか必ず、皆から祝福されて共に生きられるように、堂々と、彼女が好きだと言えるようになってみせよう」

　殿下は私の肩に手を回し、自身の胸に抱き寄せて宣言する。

「俺はフレアを、必ず妻にしてみせる」

「――殿下」

「……ふふっ、こんな場所でプロポーズするなんて、あなたも変わった王子様ね」

　サレナ叔母さんは呆れたように笑い、小さく深呼吸をしてから改めて殿下と向き合う。

「私は貴族も王族も嫌いよ。苦しめられている人たちを見てきた。カレナも……あんな男と出会わなければ、もっと別の人生があったと思っている。ただ、それじゃフレアは生まれてこられないから、複雑な気持ちよ」

「わかっている。今すぐ信じてほしいわけじゃない。レスタミア国王と同じだ。これからの俺を見ていてほしい」

「そうさせてもらうわ。もしもフレアを悲しませるようなことがあれば、国境を越えてお説教に行くから、覚悟しなさい」

「ははっ、それは怖いな。肝に銘じておこう」

「殿下、サレナ叔母さん」

二人とも、いい顔で笑ってくれるようになった。お互いに一線を引きつつ、認め合うことができているのだろう。

少しでも仲良くなってくれたら、私も嬉しい。

「フレアが結婚したら、あなたも王族になっちゃうわけね。やっぱりなんだか複雑だわ」

「そうしたら、あなたも親族だ」

「ん？　そうね。そうなるわね」

「その時が来たら、俺があなたを城へ招待しよう。その時までに、王族や貴族に対する考えが変わっていれば」

「……そうね。期待してるわ」

殿下から手を差し伸べ、二人は握手をする。

いつの日か、私と殿下の想いを隠さなくてもよくなった時に、サレナ叔母さんも一緒に暮らすことが出来たらいいな。

そんな幸福な未来を予感しながら、私は手を振る。

「さようなら！　サレナ叔母さん！」

「ええ、また会いましょう！　寂しくなったらいつでもいらっしゃい！」

「はい！」

「その時は、王子様も一緒でいいわよ」

「そうさせてもらうよ。お元気で」

殿下も一緒に手を振りながら、私たちはサレナ叔母さんを見送る。話す前はすごく寂しかったのに、今はそれほど寂しさを感じない。

いつか必ず、また会えると信じて。優しくて心地いい未来を想像して、期待に胸を膨らませる。

「さて、俺たちも帰る準備をしようか」

「そうですね」

故郷が恋しいなんて気持ち、一生味わえないと思っていた。

私も早く帰りたい。あの国に、あの場所に、今の私が……手に入れた居場所に。

第六章 ☾ 呪いの連鎖

荒らされた国王の執務室もすっかり綺麗になり、月明かりが暗い部屋を唯一光らせている。

窓際で月夜を見ながらたたずむレスタミア国王は、背後に現れた気配に気付く。

「――お前か」

「はい。陛下」

それは若い男の声だった。レスタミア国王は振り返ることなく、窓の外を見つめながら誰かを察している。

男も月明かりが届かない部屋の隅で、膝を突いて首を垂れていた。

数秒の静寂を挟み、レスタミア国王は男に言う。

「計画通りにはいかなかったようだな」

「申し訳ありません。予想外の邪魔が入り」

「……あの魔導具師か」

「はい」

王城に攻めこんできた義賊は、ラプラス構成員の偽装だった。それに気づかず王国の騎士たちは交戦し、本物の義賊を王城襲撃、国王暗殺未遂の犯人に仕立て上げるという算段。

しかし、フレアという魔導具師の存在が作戦を乱した。彼女の存在が、義賊とユリウス王子ら親衛隊を繋いだことで、ラプラスの偽装はバレてしまった。

本来ならばあそこで、義賊を装ったラプラス構成員に、ユリウス王子も殺させる、というのが、レスタミア国王の真なる狙いであった。

「つくづく運のいい男だな。ユリウス王子は。何重にもなった呪いをその身に受け、今だ支障なく生活ができているとは」

「バルムスト侯爵子息の失敗も、どうやらあの魔導具師の功績のようです」

「そうか。あの娘、ユリウス王子にとっては希望の女神というわけか」

レスタミア国王は嘲笑《あざわら》う。

彼らの努力を、築きあげてきた関係を。

「くだらない。王族のくせに民に媚《こび》を売るなど、トップに立つ人間のすることではない。そうは思わないか？」

「……」

「ふっ、次の計画に移せ」

「はい」

レスタミア国王にとって、民衆を最優先に考えるオルソラ王国の姿勢は、相容れないものだった。王とは孤高にして絶対の存在。

それ故に、誰からも敬われ、その権威は何者にも束縛されることはない。無価値な人間に時間を割くほど、不快なことはないと考えている。

「まったく義賊の連中も余計なことをする。もう少しで、ユリウス王子を殺し、邪魔な連中を一掃できたというのに」

レスタミア国王は苛立ちを見せる。

オルソラ王国の象徴である王族、その一人が民衆の味方である義賊に殺されれば、オルソラ王国の体制も大きく変化する。

民衆第一のオルソラ王国の考え方は、レスタミア国王が目指す国とはかけ離れていた。

特にユリウス王子は、王族の中でもその考え方が色濃く行動に現れている。レスタミ国王にとってはもっとも邪魔な存在だった。

レスタミア国王が望むのは、自分だけの国、自分にとって都合がいい世界である。自分の国だけではなく、周囲も同じ考え方に変わることを望んでいた。

権威や地位を最優先する考え方に傾けば、支援という名目でオルソラ王国に介入し、その力を自身のために利用できるとレスタミア国王は睨んでいた。

あと一歩というところで邪魔をされ、大変気分を害している。

「いいか？　次は失敗するな。お前の役目はなんだ？」

「――この国のために、陛下のために尽くすことです」

「そうだ。何の価値もないお前を拾ってやった恩を返せ。私のために人生を捧げろ。いいか？今度こそ、ユリウス王子を呪い殺せ」

「……仰せのままに」

部屋から男の気配が消える。それを感じ取ったレスタミア国王は、雲に隠れていく月を見ながら不敵な笑みをこぼす。

「せいぜい苦しむといい。身分をはき違えた関係など、信じるに値しないと教えてあげましょう」

◇◇◇

レスタミア王国から帰還した私たちは、慌ただしい日々を送っていた。

今日もいつも通り、リドリアさんとネロ君と一緒に研究室で仕事に励む。もっとも私が、というより、一番忙しくしているのは殿下だった。

「さっき廊下で殿下とすれ違いましたよ。気づかれませんでした。よほど急いでいたみたいでしたね」

「珍しいですね。忙しくても声はかけてくれるのに」

「ですね。お隣の国から戻られて、毎日忙しくされているように見えます。やっぱりラプラスとかいう悪い人たちのことで大変なんでしょう」

「そうですね。大変です」

他人事ではないと私は知っている。

ラプラスはこの国の外でも広く活動している。レスタミア国王の近くまで、その脅威を届かせるほどの力を持っている。

いつ、いかなる時に彼らは行動を起こし、今度は私たちが暮らしているお城を攻めてくるかもしれない。

そう思ったら不安を感じずにはいられないし、対策をとるために忙しくなるのも必然だ。

殿下はこの国に戻ってすぐ、王国内にいるラプラスの一斉捜査を開始すると言っていた。

彼らは気づかないうちに根を生やし、私たちの生活に溶け込んでいる。簡単には見つからないからこそ、手を尽くして探さなければならない。

私は歯がゆさを感じていた。

今の段階で、私にできることはない。私はただ、与えられた仕事を精一杯に熟《こな》す。それも大事なことだけど、直接的に殿下の力にはなれない。

そのことがどうしようもなくもどかしい。

「そう焦るな」

「ネロ君」

そんな私の内心を察して、ネロ君が呟く。

「お前の力が必要になる時は、いずれ必ず来る。嫌でも働かなくてはならない時がな。それまでは待っていればいい」

「……そうだね」

ネロ君の言う通り、いつか来るその日まで、私はただ待つしかない。今の自分にやれることを怠らず。

もどかしさや不安は、全部その時にぶつけられるように蓄えておこう。

それはそれとして、殿下が忙しくしていると、会って話す時間が減ってしまうから寂しさはどうしても拭えない。

そんなことをネロ君に言ったら、きっとこう返される。

だったら会いに行けばいい。向こうもそれを望んでいるはずだ、と。

わかっている。殿下もきっと、私に会いたいと思ってくれている。自惚《うぬぼ》れや勘違いじゃないと思えるほど、私は殿下と触れ合ってきた。

だから……。

「ネロ君、仕事が終わってから、殿下のところに顔を出そうと思うんだけど」

「いいと思うぞ。今日の仕事はもう終わる」

「頑張りましたからねぇ」

リドリアさんはだらけながらテーブルに顔を伏せる。

私たちがいない間、しっかりと自分一人で仕事を終わらせて、貯めたりしなかった。ネロ君は厳しいから、それくらいじゃ褒めたりしないけど。

戻ってきてからも変わらず、こうしてリドリアさんの手伝いをしているのが、彼なりの褒美なのかもしれない。

仕事を終え、夕刻になる。

夕日が西の空に沈み、オレンジ色の光が城内に差し込む中、私は廊下を一人で歩く。この時間の王城は少し静かだ。

タイミングにもよるけど、廊下を私一人が歩いている時がある。今みたいに。

こんな時は、この広い城に自分だけがいるみたいで、まるで自分の城のように思えて、優越感を抱いたり。

この先で殿下が待ってくれているかもしれないと思ったら、自然と足取りも軽くなる。

そして私は期待して、殿下の執務室の扉をノックした。

「フレアです。殿下」

「――ああ、入ってくれ」

中からお許しを貰って、私は扉を開ける。部屋は窓が開いていて、心地いい風が吹き抜け、私の髪を揺らした。

そこには椅子に座っている殿下と、その後ろで壁にもたれながら立っているアラタさんの姿があった。

「あ、噂をすればですね、殿下」

「そうだな」

「アラタさんもいらしていたんですね」

「はい。殿下のお仕事の手伝いです」

「手伝ってないだろ？」

「手伝ってるじゃないですか！　人聞きの悪いこと言わないでくださいよ！」

安定のやり取りを見せる殿下とアラタさんに、ちょっぴり気が抜けて私は笑う。

アラタさんは私たちと一緒にこの国へやってきた。レスタミア王国との伝令役であり、殿下を補助するためにしばらく滞在している。

私たちの国より、レスタミア王国のほうがラプラスの被害を多く受けている関係で、情報や対策にも一日の長がある。

アラタさん以外にも、数名の騎士がこの国に同行してきた。タイミングが悪かったとはいえ、ラプラスの襲撃に殿下を巻き込んでしまったことへのお詫びだろう。

この国に潜むラプラスの根を暴くまでの間は、彼らも私たちと一緒に働いてくれるらしい。

なんとなく、アラタさんが一緒にいることは、部屋に入る前から予感していた。

「フレア、顔を見に来てくれたんだろ？」

「はい。お忙しかったですか？」

「それはもう忙しいですよ」

「おい、アラタ」

「でもですね？　この人は寂しがり屋なので、早く終わらせてフレアちゃんに会いたくてたまらなかったみたいです」

そう言いながらアラタさんは片目を瞑る。殿下はため息をこぼす。

「お前は勝手にペラペラと……」

「いいじゃないですか。事実でしょ？」

「……まぁな。フレアこそ忙しくなかったか？」

「はい。ネロ君も一緒ですから」

「ネロか……結局、レスタミアでもネロがいたから君は無事だったんだよな」

殿下は複雑な表情を見せる。私が危険な時、一緒にいられなかったことを悔いている。そんな気がして、私は否定しようと思った。

「なんですか殿下。あの子供にも嫉妬しちゃってるんですか？」

「そういうわけじゃない」

「ふーん、そういうわけじゃないですか。殿下って結構嫉妬深い性格だったんですね。気をつけたほうがいいですよ、フレアちゃん」

「余計なことを言うな！」

「ふふっ」

私なりに励ますつもりだったけど、その必要はなかったようだ。アラタさんがいてくれると、殿下は自然体で笑ってくれる。

私の前では格好いい姿を見せようと頑張ってくれているのだと、こうして素の殿下を見せられて実感する。

格好いい殿下も素敵だけど、今みたいに年相応の態度な殿下も、見ていたいと思う。いつかは私も、殿下の素を引き出せるようになりたい。

　アラタさんがちょっぴり羨ましい。

「さーて、お邪魔虫はそろそろ退散しましょうかね」

「別に邪魔じゃないぞ？」

「ちょっとわかってないですね、殿下！　フレアちゃんは忙しいのにわざわざ顔を出してくれたんですよ？　誰に会いに来たかは明白でしょ？」

　アラタさんは殿下の顔に指を立てて、自身も顔を近づける。

「殿下に会いに来たんですよ。二人きりのほうがいいに決まってるじゃないですか」

「……」

　な、なんだか恥ずかしい。

　私の心の中を見透かされて、代弁されているみたいな気分だ。

「殿下だって、二人きりのほうが嬉しいでしょ？　それともあれですか？　俺とフレアちゃんが今より仲良くなってもいいんですかぁ？」

「う……それは嫌だな」

　アラタさんに煽《あお》られて、殿下はムスッと本音が漏れる。殿下に対してあんな態度を取れるのは、きっとアラタさんだけだ。

　ガルドさんだって、一線を越えないように弁えて発言しているのに。アラタさんだけは、ただの友人として接している。

それが許されているのも、彼のことを殿下が認めているからに他ならない。

「わかったなら、残ってる仕事は俺にください。やっておきます」

「いいのか？」

「どうせあとちょっとでしょ？　確認作業だけなら俺でやれますから、こっちでまとめてやっておきますよ」

「アラタ……悪いな」

「今さらですよ。その代わり、後で何話したか聞かせてくださいね！」

アラタさんは殿下の両肩をポンと叩き、悪戯な笑顔を見せる。殿下も笑いながら、断ると一言口にして、アラタさんの手を優しく払いのけた。

「ちぇ～。まぁいいですよ。それじゃごゆっくり！　フレアちゃんも、また今度ゆっくり話しましょうね」

「はい。ありがとうございます」

私はアラタさんに軽くお辞儀をすると、彼は手を振って部屋を後にする。優しい風のように吹き抜けていく人だ。

他の人にはない、独特の雰囲気も印象的で、ずっと見ていたくなる。私はアラタさんが去った後も、その面影を扉に重ねていた。

「あいつもいたほうがよかったか？」

「え、いいえ、そういうわけじゃないです」

「……本当か？」

「はい」

まだ殿下はムスッとしていた。アラタさんが言っていた通り、殿下は嫉妬深い性格なのかもしれない。

それが自分に向けられている感情だと思うと、すごくドキドキするし優越感を抱く。

これも一つの幸せなのだろう。

「座ったらどうだ？」

「はい」

私は横にあったソファーに腰を下ろす。すると殿下も椅子から立ち上がって、迷わず私の隣に腰を下ろした。

殿下の体重でソファーが沈み込んで、私の身体は傾く。肩と肩がぶつかって、殿下の横顔がすぐ近くにある。

何度も見ているのに、この距離感にドキッとする。

「会いに来てくれて嬉しかったよ」

「私のほうこそありがとうございます。お忙しいのに、こうして時間を作ってくれて」

「俺も同じだからな」

「同じ、ですか？」

「ああ、君と話がしたかった。別に話すことがあるわけじゃないけど、ただこうして、顔を合わせたかった。フレアもだろ？」

「はい」

私は小さく頷く。

同じ気持ちだ。特別何かを話したい、と思ったわけじゃない。ただ会って、顔を合わせて、他愛ないことが話せたらよかった。

一言二言でも構わない。たったそれだけのことで、私は元気が貰える。

きっと殿下も。

「話すことがまったくないわけでもないけどな。ラプラスの件、かなり進展したよ」

「本当ですか？」

「ああ。レスタミア王国でもらった情報を元に、この国に潜むラプラスの根を探った。おかげで奴らの行動パターンは読めるようになったし、いくつか拠点も見つかった。まだ公開されていないけど、水面下で騎士たちが動いてる」

「そうだったんですね」

いずれ親衛隊にもその仕事が回ってくる、と殿下は私に教えてくれた。

本格的な調査が始まったことは知っていたけど、結果についてはまだ知らされていなくて、正直ちょっと気になっていた。

ラプラスとは私も無関係じゃない。殿下の呪いの大元に、ラプラスが関わっているかもしれないのだから。

　殿下は続けて説明する。

「奴らと関わりのある貴族についても、かなりの数絞れているし、すでに検挙も始まっている。大体は予想通り、改革派を名乗る貴族たちだ」

「改革派……やっぱり繋がっていたんですね」

「悲しいことにな。彼らも違う視点で、国のことを考えていると思っていた。だがいい加減、俺も厳しく見るべきなんだろう」

「殿下……」

　優しい殿下のことだから、彼らのことも信じたいと思っているに違いない。たとえ思想は違っていても、国のことを想ってくれていると。

　だけど、現実が物語る。

　権力に溺れ、私利私欲のために悪とも手を結んでしまう。そんな貴族がいることを、私たちはもう知ってしまった。

「捜査は兄上とも協力して行っている。いずれ結果も出るだろう」

「そうですか……殿下」

「なんだ？」

「殿下を呪った残りの人は、その改革派の中にいるんでしょうか？」

「……どうだろうな」

　殿下の身体は、今も呪いにむしばまれている。

カイン様がかけていた呪いは解呪されたけど、殿下に呪いをかけているのは彼一人ではなく、複数人いることがわかった。

あと一人か、二人か……もっと多いかもしれない。

呪いは複雑に絡み合って、強引に解呪することも不可能だった。呪いに精通しているネロ君も、呪った相手を見つけるしかないと言っていた。

このことを知る人間は少ない。

私たちは水面下で、殿下を呪っている何者かの存在を探していたけど、未だに有力な手掛かりは掴めていなかった。

そこにきてラプラスと呪いの関係性が浮上して、彼らが改革派と繋がりがあることもわかった。まず間違いなく、残りは改革派の中にいると私は思っている。

問題は誰なのか。いつ尻尾を出すのか。呪いの進行する条件が、カイン様の時と一緒とは限らない。

「そんな顔をするな。今はなんともない。君が作ってくれた魔導具もある」

「そうですね……でも、その魔導具も絶対じゃありません」

私が作った呪いの進行を妨げる魔導具も、使い続ければ効果が鈍くなってしまう。どんな力も永遠はない。

使い続ければ消耗し、いずれは効果を失う。対して呪いは、その条件を満たすことで完全に効果を発揮する。

呪った人物を見つけ出し、指定した条件を暴《あば》かない限り、殿下の身体は本当の意味で呪いから解放されない。

「もう少し手掛かりがあれば……」

「それも今探している。焦らなくていい」

「殿下……」

「大丈夫。俺は心配していないよ。君もいるし、みんなもいる。今はアラタの奴もいるから、仕事もいくらか楽だしな」

そう言いながら殿下は底抜けに明るく笑った。

不安を抱く私を元気づけるように。

「俺は君たちを信じている。君たちがいて、不安なんて感じない」

「殿下……」

「だからフレアも信じろ。俺のことを、そして……自分自身のことを。君はもう、大勢の人を救ったんだ」

「――！」

殿下の温かな視線と手の温もりが伝わってくるようだ。

手が頬に触れている。優しさに包まれて、心と身体が温かくなっていく。

ああ、これだ。

この感覚が、私の不安を綺麗に溶かしてくれる。

いつだって、どこにいたって、私は殿下の声に、言葉に、存在に支えられている。だから私も、殿下を支えられるように。

「殿下のことは、私が守ってみせます」

「頼りにしてるよ。その代わり、君の安全は俺が保証する。そして未来も、必ず掴み取ってみせる」

「はい。必ず」

私たちが望む未来は一つ、共に手を取り合い、皆に祝福されながら生きること。まだ先のことだけど、必ず手に入れると誓っている。

だからきっと、これは空しい想像なんかで終わらせない。

◇◇◇

レスタミア王国から帰還して十日が経過した。

仕事も普段通りに熟しながら、親衛隊の任務でラプラスと関わりがある貴族の屋敷に突撃したり、ちょっぴり交戦したり。

慌ただしくはあるけど、確かな一歩を進み続けていた。

調査も進み、王都近くにあったラプラスの活動拠点をいくつか制圧し、王都に彼らの手が届かないように警備も強化している。

私も騎士の方々が安全に戦えるように、必要な魔導具を量産したり、いざという時に街や王城を守れるように、結界魔導具の開発を進めた。

ネロ君もいてくれたから、開発は滞りなく進み、王都全域を一時的に守る結界魔導具と、王城を含む王都の中心を守護する結界も完成した。

「これで攻め込まれても大丈夫だね」

「一時凌《しの》ぎだがな。悪くはない出来だ。ボクとしては、見た目が少々不細工なのは不服だが」

「そ、そうかな？　普通だと思うけど……」

私たちが防衛のための魔導具開発をしている間、殿下も忙しく王子としての仕事に励んでいた。

レスタミア王国での一件は、近隣諸国にもすでに伝わっている。ラプラスの脅威にさらされているのは一国ではない。

各国で協力し、ラプラスを排除する動きが進む。

その中心にいるのがユリウス殿下と、レスタミア国王陛下だった。

「殿下、次の会議まで残り五分ですよ」

「わかってる。だから急いでるじゃないか」

「だからって食事はちゃんと食べなきゃダメですよ。あと睡眠もとってください」

「お前は俺の母親か」

「今はその代わりも兼ねていると思ってください」

「こいつ……」

いつになく忙しそうにしているけど、今は殿下の隣にアラタさんがいてくれる。誰よりも息があっていて、殿下もなんだか楽しそうだった。

ちょっぴり妬けてしまうけど、アラタさんが一緒なら殿下は大丈夫だとも思う。

だから私は、私にできることに集中する。

防衛設備の開発と並行して、私とネロ君は別の研究も始めていた。

「ネロ君、新しいパターンも試してみよう」

「そうだな。可能な限り試作しよう。ボクたちなら作れるかもしれない」

「うん！」

どんな呪いも完全解呪できる魔導具。

呪いは複雑だから、下手に扱えば余計に進行させてしまう危険性がある。けれどその難題を乗り越えて、どんな呪いも解ける魔導具ができたら？

殿下を呪った人がわからなくても、今すぐに殿下を解放できる。

今までは呪いの知識も乏しくて、自分一人の力だけじゃ作ることができなかったけど、今はネロ君がいてくれる。

実はずっと前から話はしていた。忙しさもあって、本格的に作り出すことはできなかったけど、ようやく取り組みだした。

この研究の成果がそのまま、殿下と私の未来を守るものになるだろう。

気合を入れて取り組んだ。

殿下の頑張りを耳にしながら、時折少しだけ時間を作って話をしたり、偶にはアラタさんも一緒になって、軽く夜道を散歩したり。

　充実していた。

　何もかも、順調に進んで、このままゴールにたどり着けるような予感すらしていた。


　私は今日も仕事を終えて、殿下が待っている執務室へ向かう。

　今日は何の話をしようか。アラタさんと殿下の出会いも、まだちゃんと聞けていないし、もっと教えてほしい。

　話すことを決めて、殿下の元へ向かった。


「――殿下！」

　ノックする前に、聞こえてきたのはアラタさんの声だった。ひどく焦っていて、余裕がないような声に、不安が過る。

　私はノックも忘れて扉を開けた。

　そこで待っていたのは……。

「フレアちゃん！　殿下が！　殿下の呪いが！」

「う……あぁ……」

「そんな……」

　殿下の身体を、あの黒い模様が覆っている。

　忘れるはずもない。殿下の肉体を蝕み続ける呪いの痕を。

第七章 最愛の友人へ

殿下の容態は急変した。

高熱と頭痛に襲われ、謎の模様が体中に浮かび上がり、意識も朦朧としている。

殿下はすぐに治療室に運ばれ、王城にいる医師たちによって手厚く治療を受けている。しかし、薬や漢方、ポーションも効果はなかった。

容態は一向に回復せず、医師たちも焦りを見せる。

ここまであからさまに症状が出てしまっては隠しようがない。殿下が普通の病ではないことは見ればわかる。

私とネロ君は親衛隊のみんなと話し合い、殿下のお兄さんであるクラウス殿下に事情を説明することにした。

「――呪い？」

「はい。ユリウス殿下を苦しめているのは病ではなく、呪いです」

レストさんを中心に、クラウス殿下にこれまでのことを説明した。クラウス殿下が厳しいお方だということは皆が知っている。

クラウス殿下の執務室には、嫌な緊張感が漂っていた。

「……それを、今まで隠していたということか？」

「……はい」

「その結果がこれでは、真っ当な判断とは言えないな」

「申し訳ございません」

私たちは頭を下げる。だけど一人、ネロ君だけは堂々とした態度で、クラウス殿下に言い放つ。

「惚けるのはよせ。お前はすでに知っていたな？」

「ネ、ネロ君！」

焦る私を無視して、ネロ君はクラウス殿下の前に出る。

その態度は子供とは思えないほど堂々としていて、王の風格を漂わせる。

「ネロ・クラウディウス……大昔の大魔法使い、その魂が宿ったゴーレムだったかな？」

「そうだ。信じないなら別に構わないぞ、ボクは」

「いいや、コアはさっき見せてもらったし、君がゴーレムなのもわかった。魔導は奥が深い。そういう奇跡も起こりうる」

「奇跡ではない。ボクが残し、彼女が、フレアが繋いだだけのこと。確かな努力と実力によって」

「なるほどね」

クラウス殿下が私に視線を向ける。思わずビクッと身体を震わせる。怒っているのだろうか。殿下の呪いのことを黙っていたことに。

少しだけ不安になったけど、クラウス殿下は呆れたようにため息をこぼす。

「はぁ……勘違いしないでくれ。君たちには怒っていないよ」

「え？」

「ユリウスがそうさせたのだろう？　だったらこの結果もユリウス自身の責任だ。君たちは命令に従っただけだからね。それからネロ・クラウディウス。どうして私が、ユリウスの呪いを知っていると思ったのかな？」

「見ればわかる。お前は驚いていなかった。こうなることを予感していた人間の反応だ。呪いかどうかはわからずとも、ユリウスが他人に言えない何かを抱えていると、予測していたのだろう？」

「……凄いな。これも偉大な先人の知恵か。それとも単に、わかりやすかったか」

クラウス殿下はぼそりと呟き、その通りだと頷いた。

殿下は勘づいたのだ。ユリウス殿下が、自分の弟が何か隠していることに。それが他人に言えないほど大きく、言えば心配させるようなことだと。

「ユリウスはあの性格だ。伝えることで、私たちを不安にさせないよう隠す。昔から、そういうところがある。注意しても直らなかったよ」

「あれは簡単に直る甘さではない。王族としては不適切だが、人としては正しい」

「そうだね。だから私も、父上も深くは聞かなかった。だから、こうなってしまったことへの非は、私にもある」

クラウス殿下は初めて、悲しそうな視線を向ける。私たちではなく、眠っている殿下がいる病室は、ちょうどクラウス殿下が見ている先にある。

「父上は外交でまだ戻れない。母上も今はそれに同行している。つまり、私たちだけでなんとかするしかないということだ」

「手ならある。フレア」

「はい！　私とネロ君で開発中の魔導具なら、殿下の呪いを解呪できるはずです！」

「本当かよ！」

「そうなのですか？」

　ガルドさんとレストさんも激しく反応して、私の顔を覗き込む。みんな殿下のことが心配で、今すぐにでも動きだしたいと思っているのだろう。

　私も同じ気持ちだから、頷いて答える。

「はい」

「助かるんだな！　殿下は！」

「逸《はや》るな。まだ完成していない。理論上は成り立つが、実験の回数と素材が圧倒的に不足しているんだ」

「素材なら俺たちが集めてやる！　なんだってかかって来やがれ！」

「足りないものは何だい？　私のほうでもできる限り集めよう」

「ありがとうございます。ただ……」

　素材の中のいくつかは、どうしてもこの国では集まらないものがある。他国……記憶が正しければレスタミア王国の素材だ。加えて一般流通していない。それ以前に、レスタミアの人は殿下の呪いについて知らない。

王城内で知られてしまうことは仕方がないけど、この情報が他国に漏れてしまうのは避けたかった。悩んでいる私に、ネロ君が教えてくれる。

「それなら、お前の味方に頼ればいい」

「味方？」

「いるだろう？　お前にとって唯一が」

「あ――そうだね」

あの人たちならきっと手伝ってくれる。

私は頼む前から確信していた。あの人たちの協力さえ得られたら、足りない素材を集める時間を実験に回すことができる。

「いける……いけるよ！」

「時間はない。ボクが魔法で可能な限り呪いの進行は遅らせる。だが、その間ボクはユリウスの傍を離れられない。わかっているな？」

「うん」

つまり、ここから先は私一人の力で魔導具を完成させないといけない。ううん、一人じゃない。私には頼れる人たちがいる。

「大丈夫。絶対に大丈夫！」

「その意気だ。呪いに打ち勝つもっとも強い力は、ゆるぎない覚悟。それさえ忘れなければ、お前は何だってやれる」

「うん！」

ネロ君が、偉大な大先輩が鼓舞してくれている。これから私たちは、みんなの力で呪いに立ち向かう。

殿下の命を、未来を守るために。その思いこそが、呪いに打ち勝つ希望の光になると、私は信じている。

◇◇◇

「いいわよ。協力しましょう」

「本当ですか？」

二つ返事だった。

協力してくれるとは思っていたけど、まさかこんなにもあっさりと、大した理由も聞かずに了承してくれるとは思っていなくて、普通に驚く。

まだ殿下の呪いのことも話していないのに。

「いいんですか？　サレナ叔母さん」

「助けがいるんでしょ？」

「はい」

私が助けを求めたのはサレナ叔母さんと、彼女が率いる義賊たちだ。

新しい魔導具を作るための素材が足りない。特に一つは希少価値が高く、一般流通もしていないもので、ここレスタミア王国に多く生息している。

殿下が呪いに侵されていることを、友好国とは言え他の国王に知らせるわけにはいかない。だから秘密裏に、誰にも知られることなく素材だけがほしかった。

そんなことができるのは、そんなことに協力してくれそうなのは、サレナ叔母さんしか思い浮かばなかった。

「どうしても必要なんです。今すぐに、たくさん」

「これがリストね？　いいよ、さっさと探してきてあげるわ」

「あの……」

「ん？　何？」

あまりにあっさりとし過ぎていて、逆に困惑してしまう。私は戸惑いながら、すでにやる気満々なサレナ叔母さんに尋ねる。

「理由を聞かないんですか？」

「聞いたでしょ、さっき。王子様がピンチだって」

「その内容は、知らなくてもいいんですか？」

「何？　聞いてよかったの？　あまり言いたくないことなんじゃないの？」

「え、どうしてそれを？」

私はまだ何も言っていないのに。すると、サレナ叔母さんは呆れたようにため息をこぼし、リストの紙をパンパンと仰ぎながら言う。

「あのね。フレアがわざわざ私たちに協力を求めたのよ？　レスタミア国王だって、あの王子がピンチなら手を貸すでしょ？　それなのに、私たちを選んだ。つまり国外には持ち出したくない問題ってことでしょ？」

「は、はい。大体そういう感じで……」

「じゃあ聞かない。私はこれでもレスタミアの国民よ。他所の国の問題に首を突っ込むつもりはないわ」

「……」

そうだ。サレナ叔母さんにとって、殿下の問題は他人事でしかない。本来ならば関わることも、手を貸すことだってしたくないはずだ。

彼女たち義賊は、王族や貴族を快く思っていないのだから。

「でも、大切な姪が困っている。それだけで十分だわ」

「サレナ叔母さん……」

「私には他人だけど、あなたにとっては違う。大切なんでしょ？　あの王子様のこと」

「――はい。世界で一番、大切な人です」

私はハッキリとそう答えた。胸に手を当てて、心の底から声を出した。

サレナ叔母さんは嬉しそうに微笑む。

「妬けるわね。その笑顔も、カレナそっくりだわ」

そう言い、仲間の義賊たちに指示を出す。私が手渡したリストの素材を集めるために動き出す。

これで足りない素材も補えるはずだ。

「フレア、あなたは先に国へ戻りなさい。素材はすぐそっちに送ってあげるわ」

「ありがとうございます！」

「いいのよ。これくらい、普段やってることに比べたらどうってことないわ。ほら、もう行きなさい。忙しいでしょ？」

「はい。また！」

私はサレナ叔母さんに手を振って、待たせている馬車に戻った。サレナ叔母さんは手を振りながら、呆れたように笑っていた。

「本当……決めたら曲げないところもそっくりね」

何かつぶやいたように見えたけど、馬車に乗った私にその声は聞こえない。ただ、なんとなく何を想っているのかわかった気がする。

私は急いで国へと帰還した。

◇◇◇

「お待たせしました！」

「お帰りなさい、フレアさん。準備はできてますよ」

「ありがとうございます。リドリアさん」

宮廷に帰還した私は、真っ先にリドリアさんの研究室へと足を運んだ。

私がサレナ叔母さんに協力のお願いをしに行っている間、リドリアさんにお願いして現時点でやれることを済ませてもらっておいた。

リドリアさんは現魔導具師のトップにいる人だ。その技術は信頼できる。ただ、彼女は殿下の呪いのことは知らなかった。

いきなり知らされて、魔導具作りに協力もしてもらって、本当に申し訳ない気分だ。

「急にこんなこと、頼んでしまってすみませんでした」

「本当ですよ！　こんなことならもっと早くに教えてほしかったです」

「……」

「私だって殿下のことは心配です。それに、フレアさんには日頃からお世話になっているんですから、ちゃんと恩返しをさせてください」

「リドリアさん……ありがとうございます」

こういう風に言ってくれる人だから、私は彼女を信頼している。

「そういえば、ネロさんから伝言ですよ」

「ネロ君から？」

彼は今、魔法の力で殿下の呪いの進行を遅らせている。大魔法使いの力をもってしても、複雑に絡み合う呪いを解呪することはできない。

「思ったよりも呪いが強い。このままだともって二週間と言ったところだ。だそうです」

「二週間……」

サレナ叔母さんのところへ協力依頼に向かうだけで、すでに一週間以上を使ってしまった。急いで移動したから、前回ほど時間はかかっていないけど。

それでも残り時間は一週間もない。

加えてサレナ叔母さんたちが素材を集めて持ってくるまでに、あと数日はかかる。

「実質、実験に使えるのは三日か四日……」

ギリギリだ。というよりも、無茶なスケジュールなのは明白だった。それでもやるしかない。

殿下の命を救えるかどうかは、私の手にかかっている。

「それからもう一つ、ネロさんが言っていましたよ」

「――?」

「焦るな。自分を信じろ、です」

「……ネロ君」

彼はいつだって、私の心を見透かしたようなことを言う。長年生きた経験か、それとも王様だからこそわかるのか。

私の焦りは見透かされ、ネロ君はエールを残してくれた。

彼は今、殿下の呪いを食い止めるために心血を注いでいる。苦しむ殿下につきっきりで、魔法をかけ続けている。

「ありがとう。ネロ君」

私は大きく深呼吸をして、心を落ち着かせる。

焦らなくていい。自分を信じてみよう。大魔法使いが言ってくれているんだ。今までだってやってこれた。

「大丈夫……いつも通りでいいよね」

「私もいますよ。フレアさん」

「はい！」

リドリアさんだけじゃない。親衛隊の皆さん、クラウス殿下、それに今はアラタさんも協力してくれている。

私一人だけの力じゃない。みんなも一緒に頑張ってくれているのだから、成功しないなんてありえない。

そう思うことにした。気休めでも、前向きにいられるように。

◇◇◇

作業開始から四日後。

　サレナ叔母さんが足りない素材を集めて持ってきてくれた。

「お待たせ。遅れてごめんね？」

「ありがとうございます！　助かります！」

　この素材があれば、魔導具作りの最後の仕上げができる。あとは何度か実験を繰り返して、どこまで効果を発揮できるか検証する。

　と言っても、呪われているのは殿下だけで、実験台を用意することはできない。あくまで理論上は呪いを解呪できる魔導具だ。

　完全に効果を確かめることはできないし、そんな時間も残されていない。

「フレア、ちゃんと寝てる？」

「いえ、今はあまり……でも平気です。徹夜も慣れていますから」

　昔から忙しくて、仕事が溜まり過ぎた時はよく徹夜をしていた。最近はこういうこともなかったけど、疲れより懐かしさを感じる。

　身体は元気だし、意識もハッキリしていた。

　ちょっと眠気に襲われる時があるだけで、それさえ耐えれば支障はない。

　リドリアさんやみんなも頑張ってくれているのに、私が先に休むわけにはいかないと思っていた。

「……よくないわよ。そういうの」

「サレナ叔母さん？」

「無理しすぎない。そうやって頑張り過ぎて、あなたが倒れたらおしまいよ」

「……ごめんなさい」

「謝るんじゃなくて、ちゃんと休む。一時間でも、二時間でもいいから寝なさい。時間になったら起こしてあげるから」

「……はい」

サレナ叔母さんに頭を撫でられると安心して、耐えていた眠気が一気に押し寄せてくる。こうなったら抗えない。

私は眠る。短い時間で目覚める睡眠じゃないのはわかっていた。

結局、サレナ叔母さんは起こしてくれなくて、目覚めたのは八時間くらい経過した後だった。

時間がなくて焦る気持ちもあるけれど、眠ったことでどこかスッキリしていた。頭が冴えわたり、爽快な気持ちで仕事ができる気がする。

やっぱり、サレナ叔母さんの言う通り、大変でも睡眠はしっかりとらないとだめだ。

「よく眠れたでしょ？　遅れた分は私も手伝ってあげる」

「はい！」

気分も晴れやかに、私は研究を再開する。

時間がないことに変わりはないから、今の睡眠がちゃんととれる最後の休みになることは覚悟していた。

それでも十分すぎるほど休憩できたし、疲れもだいぶ和らいだ気がする。

タイムリミットまで残り二日。

呪いを解呪する魔導具の試作品がようやく完成した。ちょうどアラタさんも手伝いに来てくれている時だった。

「ついに完成したんですか？　じゃあさっそく殿下に？」

「いえ。このままじゃ使えません。正常に動作するかの確認をしてからです」

呪いは複雑でとてもデリケートな力だ。

無暗に刺激して失敗すれば、逆に呪いの進行を速めて、結果的に殿下の命を削ることになってしまう。

最終チェックを済ませ、できるだけ万全の状態にしてから使用する。それでも、本当の意味で万全とはならない。

最後の最後は賭けになるだろう。この魔導具が果たして、私とネロ君が想像したような効果を発揮してくれるのか。

殿下の呪いと、私たち魔導具師の信念、どちらのほうが勝っているかの勝負だ。

「……凄いですね。フレアちゃんは」

「え？　急にどうしたんですか？」

「だって、誰も作れないような魔導具を、こんな簡単に作っちゃうんですから。呪いなんて意味不明な現象にも負けずに」

「私一人の力じゃありません。みんなが手を貸してくれたからできたんです。アラタさんも、ありがとうございます」

「……俺は何もしてませんよ」

なぜだろう？

アラタさんは少し元気がないように見えた。私と一緒で働き続けているから、相当な疲れが溜まっているのだろうか。

「アラタさん、お疲れなら休んでください。ここから先は私一人でも大丈夫です」

「問題ないですよ。最後だからこそ手伝います。俺にやれることは限られてると思いますけどね。俺も殿下の親友として、こんな時に寝てられないです」

アラタさんはドンと自分の胸を叩いた。

空元気かもしれないけど、さっきまでの暗さはどこかへ消えて、いつも通りのアラタさんが戻ってきたことでホッとする。

こうして丸一日かけて、私は魔導具のチェックを終えた。

◇◇◇

「……あれ？」

私は自分の研究室で目を覚ます。どうやらいつの間にか眠ってしまっていたらしい。慌てて時計を確認する。

「よかった。まだ日付は変わってない」

殿下のタイムリミットまでは半日以上残っている。魔導具の最終調整も終わったし、あとは殿下に試すだけでいい。

「これで殿下の呪いを……」

「お疲れ様でした。フレアちゃん」

研究室の扉が開き、廊下の灯りを背に現れたのはアラタさんだった。

「アラタさん」

「少し外で話しませんか？」

「――？　はい」

アラタさんはニコッと微笑む。

どうしたのだろう。いつもと雰囲気が違うような気がした。魔導具を早く殿下に届けたい気持ちもあったけど、なぜか彼の独特な雰囲気に連れられ、私は王城の庭に移動する。

「今夜は月が綺麗ですねぇ」

「そうですね」

今宵は満月、雲一つなく、星々も煌《きら》めている。

アラタさんは大きく背伸びをして、深呼吸をしていた。

「空気もいい。いい場所ですね、本当に」

「……アラタさん？」

彼は振り返る。切なげな笑みをこぼして。

「フレアちゃん、君は本当にすごいですね」

「え？」

「呪いなんて不確定で曖昧な力に立ち向かい、条件を無視して解呪する魔導具まで作り上げてしまうなんて、君以外にいませんよ」

「……？」

突然どうしたのだろうか。私のことを褒めてくれている……という感じではなかった。むしろ逆に、責められている気分になる。

どうしようもなく胸騒ぎがしていた。

「これも運命なんでしょうね。呪いを解呪できる才能を持った君が、呪われた殿下の近くにいた……もしも生まれた場所が、時間が違えば、こうはならなかったです」

「そうですね……あの、アラタさん、さっきから何の話をしているんですか？」

「――困るんですよ。君にいられると、俺の決心が鈍っちゃうから」

「決心……？」

「君なら殿下を、呪いから救ってしまえそうだと思います。思ってしまってはいけないのに……困りましたね」

「何を……!?」

ふと、カイン様のことを思い出す。

彼が一人目の、殿下に呪いをかけた張本人だった。彼は殿下にこう言っていたらしい。呪いの進行を速めるために殿下に近づいていたと。

呪いは様々な条件で発動し、その効果を強めていく。月の満ち欠けや、呪いをかけた本人との距離感など、その条件も一つではない。

今宵は満月だ。

あの時の呪いと同じように、月の満ち欠けが関係している？

それならもっと早く呪いは進行するはずだし、いきなり急激な変化をするなんて不自然。何かがあった。

ここ最近の変化を思い返す。誰よりも近くで、殿下の傍にいたのは、私よりも――

「まさか……アラタさん？」

「気が付いたみたいですね。さすが、殿下が選んだ人だ」

彼は微笑む。普段とは明らかに違う冷たくて、怖い笑顔だった。吹き抜ける風も、どこか冷たくて凍えそうに感じてしまう。

信じたくない。嘘だと思いたい。けれど、私は確信してしまった。彼の表情に、言葉に、全ての鍵が揃った気がしてしまった。

「……本当、なんですか？　アラタさんが殿下を……」

「そうですよ。俺が殿下を呪った一人です」

「――！」

本人の口からの告白だ。もはや疑う必要すらない。考えなくても、真実は今、目の前にあるのだから。

以前開発した魔力の流れを見る魔導具。あれを彼に使っていれば、もっと早くに気付けていたはずだ。だけど、考えもしなかった。

殿下の親友である彼が、殿下を呪うはずがないと、勝手に決めつけていたから。

私は唇を噛みしめる。いろいろな想いが、感情が溢れかえる。ただ一つ、どうしても聞きたいことがあった。

私は見せられた。殿下の無邪気な笑顔を。共に笑う親友の姿を。あれが嘘だったとは思いたくなくて、私は叫ぶ。

「なんで、殿下を呪うんですか？」

「……それが、俺の役目だからですよ」

「役目？」

「……俺は小さい頃、今の陛下に拾われたんですよ。貴族の戯れで両親が殺されて、俺も殺されるか売られるところを、陛下に救われたんです」

「レスタミア国王に？」

「そうですよ。だから俺は、陛下の命令ならなんでも従います。自害しろと言われたら喜んで首を刎《は》ねる。親友だって殺せるんです」

「そんな話……私に教えていいんですか？」

「いいんですよ。どうせこれが最期ですから」

そう言いながら彼は諦めたように笑った。その笑顔を見ているだけで、こちらまで泣きたい気持ちになった。

「……じゃあ今までのは、演技だったんですか？」

「……」

「殿下は！　アラタさんのこと、親友だと思っていたはずです」

言葉には出さずとも、照れくさくて否定はしていても、本心では思っていたはずだ。唯一無二の親友であると。だからこそ、あんな風に無邪気な笑顔を、彼の前では見せていた。

その全てが偽りで、演じていただけだというの？

私には……。

「演技だなんて……思えません」

「……まったく、君も殿下も、お人好しが過ぎるんですよ」

アラタさんは呆れたように笑う。

「役目を果たすために近寄った。殿下の友人になることで、オルソラ王国の情報を手に入れて、利用して……最後は呪い殺す……最初からわかっていた。それだけだった……はずなのに……」

「アラタさん？」

「なんで殿下は、俺みたいな不審者のこと、親友だって思ってくれたんですかね？」

「――――！」

彼は、泣きそうだった。

瞳が潤んでいるのがわかった。冷たい視線は薄れて、悲しみと後悔が表情からあふれ出している。そう、彼も……苦しんでいた。

使命と、殿下との間に芽生えてしまった友情に挟まれて。

「よかった……」

殿下とアラタさんの友情は……それだけはきっと偽物じゃなかった。

「でも、ダメなんですよ。このままじゃ」

「……！」

「君がいると、殿下を助けてしまう。せっかく決めたのに、使命を果たすと誓ったのに、俺は揺らいでしまう」

「アラタさん……」

彼はじわじわとにじり寄ってくる。その右手には、いつの間にかナイフが握られていた。

「だから、ごめんなさい。君を殺さなくちゃいけない」

「……本当に、それが望みなんですね？」

「……はい」

「使命を選ぶことに、後悔はないんですね？」

「……そんなの、あるに決まってるじゃないですか」

私は安心した。

アラタさんの心に、呪いよりも強い想いがあると見えたから。それに、彼は私を殺せない。今も苦しんで、迷っている。

それでも最後は決心して、その刃を振り下ろすだろう。もしも今の彼を踏みとどまらせることができるとしたら――

「フレア！」

「――!?」

彼しかいない。そう思った時、殿下は私たちの前に現れた。息を切らしながら、全身を呪いの模様に蝕まれながら。

「……どうして、動ける状態じゃ……」

「ネロのおかげだ。一時的に肉体の状態を固定してくれている。十数分しかもたないらしいが、今は呪いも進行しない。痛みはあるがな」

「殿下！」

私はすぐに殿下の傍らに駆け寄った。今にも倒れそうな殿下を支える。

「すまなかったな。心配ばかりかけて」

「殿下……」

「……」

アラタさんと殿下の視線が合う。殿下はまだ、アラタさんが呪いをかけた人物だとは知らない。

私は説明しなきゃと思った。

「殿下、アラタさんは」

「大丈夫、わかっているから」

「え?」

「……ずっと、疑問は感じていたんだよ」

殿下は小さく短く呼吸をして、思い出を語るようにアラタさんに向けて話しかける。

「あの日、お前と初めて会って、そこから仲良くなって……親友と呼べるような関係になった」

「……なんだ。殿下も俺のこと、親友だって思ってくれていたんですね」

「……でも、疑問はあった。この関係が作為的なんじゃないかって、何か裏があるんじゃないかって……俺も王子だからな。疑いをなくすことはできない」

「じゃあ、どうして親友でい続けたんですか?」

「そんなの……楽しかったからに、決まってる」

「――――!」

その言葉に偽りがないことは、誰にだってわかるだろう。

殿下の表情を見れば、口に出した言葉が本心以外の何ものでもないことを。私よりも、親友のアラタさんのほうが、彼の想いを強く感じているはずだ。

今の言葉は誰でもない、アラタさんに向けられた想いなのだから。

「……そういうところですよ、殿下」

「アラタ……」

「殿下がもっと、俺が嫌いな貴族みたいに威張った性格のクソ野郎なら、何の憂いもなく呪えたんですけどね」

「悪かったな。甘ちゃんな王子で」

「はは、本当ですよ。おかげで――ぐふっ！」

突然、アラタさんは口から大量の血液を吐き出した。彼は胸を抑え、苦しそうに屈む。

「アラタ！」

「アラタさん⁉」

先に気付いたのは私だった。アラタさんの右手に、殿下とよく似た呪いの模様が浮かび上がっている。ふと、殿下に視線を向けた。

「殿下、呪いが……」

「――！　なくなっている？」

殿下を蝕んでいた呪いの模様が消えている。視覚的に消えたのではなく、呪いの症状すらも完全に消滅しているようだった。

その代わり、同様の症状にアラタさんが襲われている。

「呪いには……条件があるんですよ」

「アラタ……お前……」

「それは……こっちにとってもいい条件ばかりじゃありません……当然、大きなデメリットも、ありますよ」

「まさか……！」

呪いは返されることで何倍もの威力となる。

アラタさんの全身を襲っているのは、殿下を呪っていた力と同じ、しかも何倍もの速度で全身に広がっている。

私たちは理解した。殿下の呪いは、発動者であるアラタさんに返されたことを。

「アラタ！」

殿下は駆け出し、倒れ込むアラタさんを抱きかかえる。

「お前……最初からこうするつもりだったんじゃないのか？」

「……何言ってるんですか。ただ……失敗しただけですよ」

「嘘だ。お前がその気になれば、呪いなんて使わずに俺を殺せたはずだ。こんな回りくどいやり方じゃなくても、俺はお前を信用していたんだから」

「……そう、でしたね……殿下は本当に甘いですよ」

アラタさんは弱々しく微笑む。

もしも彼がその気なら、私を呼び出し脅すのではなく、完成した魔導具を破壊すればいい。それだけで、殿下の呪いは解呪できない。

そうしなかったことへの疑問に、ようやく私はたどり着く。

アラタさんは最初から、殿下の呪いを請け負うつもりじゃなかったのか？

「呪いをまとめて肩代わりする、か。無茶をする人間もいたものだな」

「ネロ君！」

遅れてネロ君がやってくる。彼は殿下を見た後、苦しんでいるアラタさんに視線を向けた。

「この男は、お前の呪いをすべて肩代わりした。今のお前には、一つの呪いも宿っていない」

「――！　どうして？」

「そういう条件でも組んでいたのだろう。呪いをかけるときに、もし失敗したら、お前が抱える呪いの全てを受け取ると」

ネロ君は私たちに背を向けて歩き去っていく。もはや魔法による肉体の維持も必要なく、彼は役割を終えて城内へと戻っていった。

後のことを、私たちに任せてくれたのだろう。

「本当……殿下の周りは優秀な人ばかりで困りますね……」

「アラタ……お前……」

「勘違いしないでください。俺はただ……失敗しただけです。俺の使命は殿下に取り入って、最後はこの手で殺すことでした」

「……」

「俺は負けたんですよ……それ、だけです……」

呪いの模様が全身に広がっている。殿下の呪いと同じなら、作っていた魔導具で解呪できる？

だけどこの進行速度は殿下の比じゃない。私が取りに戻る間に、アラタさんの命は尽きる。

何より……わかってしまう。アラタさん自身が、ここで死ぬことを望んでいることに。

「お前は馬鹿だ。アラタ」

「殿下ほどじゃありませんよ。俺のこと……疑ってたくせに、親友になっちゃったんですから……後悔、してください」

「するわけないだろ？　お前と親友になれたことは、俺の誇りだ。お前と出会えたこと、これまでの時間も、絶対に後悔なんてしてやらない」

「──困ったなぁ……できれば、恨まれて死にたかったのに……それが、俺にできる唯一の償いだったのに……」

アラタさんは口から血を流し、もはや起き上がる力もなくなっていた。殿下が支えなければ、身体を起こすことすらできない。

手をゆっくり動かすことが精いっぱいで、殿下のほうから握りしめる。

「俺は……貴族が嫌いでした」

「ああ」

「殿下のことも……嫌いになれるはずでした」

「……ああ」

「でも、なんでかなぁ？　いつまでたっても……嫌いに、なれませんでしたよぉ」

「……そうか」

殿下の瞳から涙がこぼれおち、アラタさんの頬に落ちる。

「それは災難だったな！」

「お互い様ですよ。こんな俺と出会わなければ……泣かなくてすんだはずなのに……」

「言っただろ？　お前と出会えたこと、後悔なんてしてやらない。忘れることなんてない。楽しかったのは、俺だけじゃないだろ？」

「そう……です……ねぇ……」

　アラタさんは最期の力を振り絞って、殿下の手を握り返し、精一杯に笑った。

「俺も……殿下と出会えて……幸せでしたよ」

「アラタ……！」

「泣くのはやめてくださいよ。俺は……やっと解放されるんです。使命から……殿下も呪いから……だから、笑いましょう」

「ああ」

　殿下は笑う。涙を流しながら無理やりに。その笑顔が悲しくて、私にも伝染して、瞳から涙が零れ落ちていく。

「殿下……もし来世があるなら……また……俺と……」

「――――！」

　最期の言葉は聞こえなかった。けれど、殿下にはしっかり伝わっていて、涙を拭って返事をする。

「当たり前だ。俺たちは何度でも親友になる。逃がさないぞ、アラタ」

「……」

返事はない。そこで眠っているのは、魂が抜け落ちた肉体だけだった。

「笑え……か……無茶言うよ」

「殿下……」

「大切な親友を失って、泣かずに、いられるか！」

初めて見る。殿下が子供みたいに泣きじゃくる様子を。心の底から喪失を嘆き、心が乱されているところを。

「う、うぅ……うあああ、くっ！」

「殿下……殿下！」

私に何ができるだろうか。わからない。ただ、今の殿下を一人にはしたくなくて、後ろから抱きしめて囁く。

「私がいます。ずっと傍にいますから」

「くっ……う……」

「いなくなったりしません。この先ずっと、殿下の傍から、だから……」

殿下は私の手に触れる。震えながら、涙で瞳を真っ赤にしながら、私のことを見てくれた。

「ありがとう、フレア」

「殿下……」

私は誓う。

二度と殿下に、悲しい涙は流させないと。

エピローグ　誓いをここに

殿下の身体を蝕む呪いは、すべて解呪された。

私とネロ君が考案し、みんなで作り上げた魔導具は、結局使われることはなかった。

「あいつが全部、持っていってしまったからな」

「そうですね……」

私たちは王城の中でも特に人通りが少なく、あまり知られていない庭の端に、アラタさんのお墓を簡易的に作った。

彼が殿下を呪い、その呪いを全て肩代わりして死んだことは、ほとんどの人が知らない。表向きには殿下の呪いは、魔導具によって解呪されたことになっている。

アラタさんについては、魔導具開発の過程で失踪し、現在も行方がわからなくなった、ということで処理されている。

「レスタミア国王にもそう伝達した」

「……お返事は？」

「ない。今のところ何の連絡もない」

殿下は続けてこう言った。

おそらく、アラタの件についてこれ以上レスタミア国王が言及することはないだろう、と。

アラタさんはレスタミア国王の命令で殿下に取り入り、呪いをかけて殺そうとしていた。この件にレスタミア国王は深く関わっている。

「公表はしないんですか？」

「したところで意味がない。証拠となるものは何一つ残らなかった。俺の身体に巻き付いていた呪いも全て消えたし、アラタも死んだ」

「……殿下……」

殿下はアラタさんのお墓を見つめ続けていた。

その瞳は悲しそうで、今にも泣き出してしまいそうだった。

「なぁアラタ、お前は本当に……幸せだったのか？」

お墓に向かって問いかける。

「こんな終わり方で、満足だったのか？」

返事などあるはずがない。ここにアラタさんはいない。ただの石で作られたお墓でしかない。もう、この世界のどこにも彼はいない。

死ぬというのは、そういうことだ。

「お前は使命を捨ててまで、俺を生かそうとしてくれた。お前が呪いを全部奪い去っていったせいで、嫌なほど身体が軽い」

「殿下……」

「けど、ダメだな」

殿下は自分の胸元で手を握りしめる。

「この胸の苦しさだけは、きっと永遠に残り続ける」

大切な親友を失ってしまった。その痛みはこの先も、殿下の心の傷となって残るだろう。それはある意味、アラタさんが最後に残していった……。

「まったく、最悪な呪いをかけていきやがって」

殿下は涙で潤んだ瞳を拭い、アラタさんのお墓に向けて笑う。

「次に会ったら覚えていろよ？　一発じゃ足りないからな」

「その時は……私も一緒に見守ります」

「ああ、そうしてくれ。やりすぎそうになったら止めてもらわないとな」

「はい……必ず」

殿下の胸の痛みは消えない。だからこそ私が、まだ生きている私たちが、少しでも痛みを忘れられるように。

彼がこの先も、笑顔でいられるように。

「殿下、私はずっと傍にいます」

「ああ、知っているよ。迷惑ばかりかけると思うが、いいか？」

「私が傍にいたいんです。迷惑だなんて思いません。もっと頼ってください。私は、アラタさんの代わりにはなれないかもしれないけど……」

あの笑顔は、もう二度と見られないかもしれないけれど。

それでも私は、殿下の傍に居続ける。代わりにはなれなくとも、私にできることがあると知っているから。

「殿下が前を向いていられるように、私が支えます。私なりのやり方で！」

「――それでいい。それがいい」

殿下が私の手を握って、私もその手を握り返す。

お互いの決意を、そのぬくもりを確かめ合う。生きていることを実感するように。

「でも、俺はやっぱり不安だよ」

「殿下？」

「いつか君も、アラタのように俺の前からいなくなってしまうかもしれない……あいつの言った通り、俺は嫉妬深いらしい。それに臆病なんだ。だから……」

殿下は握った手の持ち方を変えながら、自分の胸元にそっと移動させ、もう片方も合わせて、私の手を包み込む。

まるで天に祈りを捧げるように。

「この関係に名前を付けたい」

「名前を？」

「ああ、フレア。俺の婚約者になってほしい」

「――！　婚約者に、なってもいいのでしょうか」

「その資格はもうあるよ。君は街を救った。そして今、俺の命を救ってくれたんだ」

殿下の呪いは、公には大病ということになっている。

呪いであることを知っているのは一部の人間だけだ。しかし大病であっても、殿下が命の危機に瀕していたことは広く伝わった。

そこから生還できたのは奇跡に等しく、殿下自らが、私を中心とした周囲の人間の力によるものだと人々に示してくれた。

私は魔導具師として、殿下の命を救った人間の一人になった。

王国からも勲章が授与されることが決まっているし、魔導具師としての名と、貴族としての名も広く伝わることとなった。

クラウス殿下も、私たちがしていたことをすでに知っている。

大きすぎる身分の、立場の差があった。

その差はいつの間にか、こんなにも近づいていたらしい。

「今なら文句は言わせない。仮に文句をいう人間がいるなら、俺が信頼を勝ち取って認めさせよう。君は十分にやってくれた。今度は俺の番だ」

「殿下……」

「傍にいたいといってくれたな？　それ以上に、俺が君の傍にいたい。離れたくない。アラタが命を懸けて守ってくれた。君が繋いでくれたこの命を、大切にするために」

私たちは歩み寄る。一歩、たった一歩で顔が近づき、胸が当たる。

お互いの鼓動が伝わって、ドキドキしているのがわかった。ほんのり頬が赤いのも、きっとお互い様なのだろう。

何度やっても慣れることはない。

この感覚に、この素晴らしい幸福に、私はいつだって浸っていたい。

「はい。殿下の傍に、婚約者としていさせてください」

「嬉しいよ、フレア」

「私もです」

亡き親友の前で誓い合い、認め合う。

絶対に離れたりはしない。この先何があろうと、命の危機に瀕しようとも、どんな陰謀に巻き込まれたとしても……。

この手は、想いは、温もりは……。

必ず守ってみせよう。

この日、私は新しい肩書を貰った。


第二王子ユリウス・ユークリス。

その婚約者、魔導具師――フレア・ロースター。

本書に対するご意見、ご感想をお寄せください。

あて先

〒162-8540 東京都新宿区東五軒町3-28
双葉社　Mノベルスｆ編集部
「日之影ソラ先生」係／「春野薫久先生」係
もしくは monster@futabasha.co.jp まで

無《む》自《じ》覚《かく》な天《てん》才《さい》魔《ま》導《どう》具《ぐ》師《し》はのんびり暮《く》らしたい②

2023年11月13日　第1刷発行

著　者　日《ひ》之《の》影《かげ》ソラ

発行者　島野浩二

発行所　株式会社双葉社
〒162-8540　東京都新宿区東五軒町3番28号
［電話］03-5261-4818（営業）　03-5261-4851（編集）
http://www.futabasha.co.jp/（双葉社の書籍・コミック・ムックが買えます）

印刷・製本所　三晃印刷株式会社

［電話］03-5261-4822（製作部）
ISBN 978-4-575-24694-0 C0093